СОФИ ХАРДКАСЛ
НИЖЕ УРОВНЯ ВОДЫ

АРКАДИЯ

Санкт-Петербург
2023

УДК 821.111
ББК 84(4Вел)-44
Х20

Sophie Hardcastle
BELOW DECK

Перевела с английского
Анастасия Рудакова

Художник
Ирина Бабушкина

Дизайнер обложки
Александр Андрейчук

Издательство выражает благодарность литературному агентству *Synopsis* за содействие в приобретении прав

Хардкасл С.

Х20 Ниже уровня воды : [роман] / Софи Хардкасл; [пер. с англ. А. Рудаковой]. — СПб. : Аркадия, 2023. — 320 с. — (Серия «Любовь без правил»).

ISBN 978-5-907500-00-6

Отплывая с друзьями на яхте «Морская роза» от берегов Австралии, 21-летняя Оли еще не знает, что это путешествие навсегда свяжет ее жизнь с океаном. Несколько лет она проводит на воде, в совершенстве освоив язык ветра и волн. Но однажды оказывается единственной женщиной в экипаже идущего в Новую Зеландию судна, и там, в душной темноте ниже уровня воды, Оли откроется страшная истина: в море никто не услышит, как ты кричишь.

Роман повествует о моментах жизни, которые, разъедая душу, преследуют и мучают нас, и о том, как важно найти себя, обрести собственный голос и решиться сделать вдох.

УДК 821.111
ББК 84(4Вел)-44

© Sophie Hardcastle, 2020
© Издание на русском языке, перевод на русский язык, оформление.
ООО «Издательство Аркадия», 2023

ISBN 978-5-907500-00-6

Посвящается Робби

Темно-розовое

— Умирать в двадцать лет вовсе не романтично, — сказал он мне; его непроницаемые черные глаза мерцали в полумраке. Он покачал головой. — Слишком расточительно.

Помню, что в тот момент мы сидели в моей гостиной и я ничего не ответила, но потом долго размышляла, и слово «расточительно» плавало у меня перед глазами, как нефтяное пятно. Я понимала, что он прав. Это слишком расточительно. Но когда я сказала, что умру, не дожив до тридцати, то подразумевала вовсе не романтичные истории о молодых художницах, погибших во цвете лет. Я, в общем-то, знала. Знала, когда придет мое время.

Я умираю накануне того дня, когда родилась, в двадцать девять лет, почти в тридцать. Мне всегда нравилось число двадцать девять: два и девять, гораздо больше, чем тридцать, три и ноль. Двойка красная, девятка темно-розовая; тройка тревожно-зеленая, а ноль — белая пустота. Но, что бы вы там себе ни думали, я умираю не по своей воле. Вовсе нет.

А может, и по своей. Ведь мы бесконечно совершаем выбор, не так ли?

Я пожимаю плечами. Меня трясет. Здесь, на мокрой корме, на рубеже двух десятилетий, холодно. Подо мной — серая мгла, посреди которой покачиваются айсберги. Я смотрю на Брук, она подмигивает мне, я улыбаюсь, и лицу становится больно.

Задерживаю дыхание. Ведь мы сами принимаем решение сделать вдох?

Не знаю. До сих пор не знаю. Жаль, что вы не подсказали мне ответ. Жаль, что вы многого не успели рассказать.

Например, что, когда я наконец увижу зеленый луч[1], он будет потрясающим, но в то же время тусклым.

Или что жизнь — это вереница слов, в которой неверно расставлены все знаки препинания, и когда тебе хочется сделать вдох, кто-то убирает запятую, так что приходится брать дыхание прямо на ходу, а если не успеешь, то умрешь.

Жаль, Мэгги, что вы мне этого не рассказали. Что в море никто не услышит, как ты кричишь.

---

[1] Оптическое явление, представляющее собой зеленую вспышку на горизонте (обычно над морем) в момент захода солнца. — *Здесь и далее примеч. пер.*

МОРСКОЙ САД[2]

---

[2] Названия первой части книги и ее отдельных глав отсылают к творчеству американской поэтессы-имажистки Хильды Дулитл (1886–1961), писавшей под псевдонимом Х. Д., в частности к ее поэтическому сборнику «Морской сад» (1916), в который вошли такие стихотворения, как «Морская роза», «Морская лилия», «Морской ирис» и др.

Морская роза

В полузабытьи мне чудится, что земля ходит ходуном. Туда-сюда, туда-сюда.

Но вот я наконец прихожу в себя. У меня на подбородке засохла слюна, а в зубах застряли ворсинки, я размыкаю опухшие веки и вижу солнце в потолочном окне прямо над головой. Солнце в небе покачивается взад-вперед, и я понимаю, что земля действительно ходит ходуном. Я приподнимаюсь на локте. В висках стучит, будто меня огрели кирпичом. Я озираюсь по сторонам и, пока взгляд фокусируется, жду, когда происходящее обретет смысл. Но смысл ускользает. Стены почему-то изогнуты, само помещение не шире кровати — если это вообще можно назвать кроватью. Я лежу на тонком, как вафля, матрасе, втиснутом между огромным холщовым мешком и удочкой. Снаружи доносится странный перестук, и, когда я поднимаю взгляд, солнце все еще покачивается. Я чувствую, как теснит в груди; дыхание мечется за ребрами, как в западне, и не может вырваться. Где я, черт побери?!

По крайней мере, я одета: на мне шелковое платье, джинсовая куртка, два розовых носка и один ботинок. Я нащупываю под платьем нижнее белье. Содержимое моей сумочки разбросано по подушке. Бумажник, чек. Карты и наличные на месте. Трясущимися руками хватаю телефон. Он разряжен.

— Твою ж мать, — бормочу я.

Извиваясь, я сползаю с кровати и на полу рядом с ведром, наполненным губками, нахожу второй ботинок. На неверных ногах выхожу за порог. И ударяюсь головой о крышу. Кто, черт бы его подрал, спроектировал этот дом? Я высокая, но не настолько же.

Когда я вваливаюсь в комнату с кухонным уголком, двумя двухъярусными кроватями, узкими горизонтальными окнами и привинченным к полу столом, земля по-прежнему ходит ходуном. С трудом продвигаясь вперед, хватаясь за углы и края мебели, чтобы удержать равновесие, я добираюсь до лестницы, ведущей прямо в небо.

Когда я оказываюсь наверху, глазам требуется секунда, чтобы привыкнуть. В лицо бьет яркий свет.

— О господи, — едва слышно лепечу я.

Передо мной стоит старик в непромокаемой куртке и оранжевой вязаной шапочке. У него обветренная, просоленная, покрытая пигментными пятнами кожа и жесткая белая борода. За спиной у него океан. Темная поверхность покрыта рябью. Меня трясет, по спине пробегает дрожь. Горизонт немыслимо далеко.

— Доброе утро. — Я тупо пялюсь на старика.

Он смеется.

— Где я?

— Чего? Говори погромче. — Старик прикладывает палец к уху. — Я глуховат.

— Где я? — повторяю я громче.

— В Тасмановом.

У меня под ногами — металлические тумбы с намотанными на них канатами и высокий шест с привязанными к нему веревками. Старик тянет за одну из веревок, и складки на парусе надо мной разглаживаются, словно кожа, туго обтянувшая кость. Я чувствую, как судно упирается, а затем чуть задирает нос.

— Где?!

— В Тасмановом море, — повторяет старик, обводя широким жестом бесконечные просторы, точно я способна отличать воды одного моря от другого. — А если конкретнее, ты на яхте. — Он наклоняется и прикасается ладонью к палубе. — Она называется «Морская роза».

Будто чья-то рука вцепляется мне в горло и сжимает. Меня сейчас стошнит.

— Мне нужно сойти.

— Сойдешь. Через несколько дней… когда доберемся до Новой Зеландии.

У меня кровь отливает от лица.

— Чего?!

— Я отгоняю яхту в Новую Зеландию, и мне потребовалась помощь. Ты сказала, что хочешь пойти со мной.

— Вы издеваетесь? Когда я такое говорила?

— Прошлым вечером.

Я снова мысленно погружаюсь в алкогольный угар вчерашнего дня, пытаясь разглядеть в непроглядном мраке хоть что-нибудь. Но вижу только зияющую черную дыру.

— Почему вы меня послушали? Я же вчера была в стельку!

Яхта взлетает над волной и снова обрушивается вниз. У меня трещит голова. Я чувствую, как к горлу подступает желчь.

— Вы меня фактически похитили.

— Что-что?

— Вы меня похитили! Вас за это посадят.

— Ну, — говорит старикан, откидывая назад голову и широко улыбаясь, — я попаду в тюрьму, только если кто-нибудь узнает… Кажется, придется тебя замочить.

Я отступаю на полшага, спотыкаюсь о трос, уложенный бухтой, и падаю спиной назад, тяжело приземляясь на палубу. Воздух со свистом вырывается из легких.

Внезапно старик разражается смехом, его глаза исчезают среди глубоких морщин. Между приступами хохота он хрипит:

— Ты в порядке, девочка?

Я пытаюсь ответить. Но не могу.

— Оглянись, — велит он.

С трудом поднимаюсь на ноги, оборачиваюсь — и вижу землю. Пляж, дома вперемежку с зеленью, скалистый мыс, маяк… Я его знаю. Это маяк Барренджой. Мы все еще в Сиднее!

Я поворачиваюсь к старику.

— Поняла, где мы?

Я киваю.

— Мы направляемся в яхт-клуб «Ар-пи-эй» в Ньюпорте; нужно почистить «Розе» днище. Если ветер сохранится, будем там в течение часа. А потом я подброшу тебя обратно в город.

— Ваши любезности… теперь… не помогут… — Я кашляю, все еще задыхаясь после падения. — Вы… меня похитили.

— Вы, юная леди, пребывали в полной отключке. Не могли даже назвать свое имя. Надо было отправить тебя домой в таком виде? Ну уж нет. Нам с Джейн пришлось отнести тебя на яхту.

— Что за Джейн?

— Управляющая рестораном яхт-клуба. Кажется, она обнаружила тебя в женском туалете. Я дал тебе проспаться на борту... Утром попытался разбудить, сказал, что мне нужно выходить в море, а ты велела оставить тебя в покое.

— Я этого не помню. — Меня обдувает холодным ветром. Я скрещиваю руки на груди, пытаясь воскресить воспоминания о прошедшей ночи. — А где спали вы?

Старик выдерживает мой взгляд.

— В своей постели, — произносит он. — Дома. — Что-то в его невозмутимом, спокойном тоне заставляет меня поверить ему. Мой собеседник мягко улыбается. — На мой счет не беспокойся, девочка: я в своей жизни любил только одну женщину. — Улыбка исчезает, он смотрит за горизонт. — Ее уже нет.

Я разжимаю кулаки.

— Как ее звали?

Старик снова кладет ладонь на палубу и гладит ее так, словно ласкает любовницу.

— Робин. Робин Роуз. — Он откашливается. — В любом случае я не собирался тебя похищать, но к десяти мне нужно быть на верфи, и я решил, что ты очухаешься не раньше, чем мы туда прибудем.

Меня охватывает облегчение.

— Все это очень странно, — говорю я, ковыляю к нему и протягиваю руку: — Как бы то ни было... Меня зовут Оливия.

В ответ он тоже протягивает мне мозолистую, заскорузлую ладонь, и мы обмениваемся рукопожатиями.

— Мэк.

На первый взгляд Мэк похож на серый сланец. Прохладный и твердый. Но потом он смеется, и сланец покрывается рябью. Тогда я вижу, что он невероятно глубок, точно темный океан. Он кишит мрачными историями, как подводные пещеры — морскими змеями.

В тех редких случаях, когда мой отец что-нибудь рассказывал, истории его были удручающе банальны. Он точно вытравливал слова на гладком металле, снова и снова водя по ним иглой, пока они не начинали кровоточить.

Мэк совсем другой. Его повествования ведут меня через подводные расселины, обросшие ракушками, украшенные морскими звездами и танцующими водорослями.

Он сразу же напоминает мне деда, умевшего рассказывать яркие, цветистые истории, от которых даже в самом унылом доме становилось весело.

Мэк живописует, как они с Робин перебрали рома на барбадосском пляже, перепутали яхты и занялись любовью на чужой палубе. Я подаюсь к нему. Голос его напоминает раскатистый гром из грозовой тучи, дерзкий и будоражащий. Электризующий. Я могла бы слушать его часами.

Мэк умолкает.

— Тебе холодно?

Я мотаю головой:

— Не-а, этот чай хорошо помогает.

— Отлично, — улыбается он.

Я сижу с Мэком в кокпите, накинув одну из его ветровок. Она огромная и неуклюже топорщится, когда я поднимаю руки, чтобы сделать глоток чаю.

— Спасибо.

— Не за что.

Я смотрю через плечо Мэка. По поверхности моря бежит мелкая рябь, точно мурашки по замерзшей коже на исходе осени.

— Сколько тебе лет? — осведомляется Мэк.

— Нельзя спрашивать у женщины, сколько ей лет.

Старик фыркает.

— Ты девочка, а не женщина.

— Да неужели?

— Во всяком случае, пока. — Мэк подтягивает к себе штурвал, и яхта накреняется. — И вообще, тебе уже можно пить?

— Мне двадцать один год, — отрезаю я. Двойка красная. Единица бледно-желтая. — Я имею право выпивать даже в Америке.

Он закатывает глаза и криво усмехается.

— Как голова?

— Болит.

Мэк смеется.

— Надо думать. Вчера вечером ты едва держалась на ногах.

Я чувствую, как волосы у меня на затылке встают дыбом.

— Нет... Я не хочу знать.

— Точно, — соглашается он, — прости. В любом случае непохоже, чтобы это была твоя вина.

Я наклоняю голову.

— Что?

— Парень, с которым ты была... Судя по виду, тот еще типчик.

И вот уже вчерашний вечер накатывает на меня, как волна на палубу.

Ужин в ресторане яхт-клуба в сиднейской гавани. И Адам. Чисто выбритый, с «ролексом» на запястье.

— Он мой бойфренд.

— Ты лыка не вязала, а он бросил тебя одну, в туалете.

— Мы поссорились.

Хотя, возможно, на самом деле я имею в виду, что Адам поссорился с Адамом. А я оказалась и между ними, и в стороне. Притихшая. Придушенная.

— Из-за чего?

— Из-за моей... моей карьеры, наверное. Мы оба заканчиваем экономический факультет. Мне предложили стажировку в «Лазарде» — это очень крупный инвестиционный банк. Но я сказала Адаму, что еще не решила, соглашусь ли, — объясняю я. Я так привыкла к непременному: «Какой прекрасный шанс!», что сперва не слышу ответ Мэка.

— Извините, — переспрашиваю я, — что вы сказали?

— Я спросил, при чем тут твой бойфренд?

— Ну, он сказал, что я упускаю возможность, которая выпадает раз в жизни.

Я умалчиваю о его реплике: «Могу назвать с десяток парней, которые убили бы за такую халтурку».

И еще: «Тебе сказочно повезло, что на тебя вообще обратили внимание».

«Повезло? — думаю я. — И это после всех моих трудов?»

Нежданная удача. Счастливая случайность.

Мэк качает головой, а затем с уверенностью, которая до самых основ потрясает мой мир, говорит:

— Ты сама по себе, Оли. Возможно, этого он и боится.

Я смеюсь.

— Меня еще никто так не называл.
— Оли?
— Ага.
— Нравится? — спрашивает он.

Я улыбаюсь:

— Еще как.

Сидя в ресторане яхт-клуба, мы наблюдаем, как на верфи «Морскую розу» вытаскивают из воды и подвешивают. Мэк купил мне огромный молочный коктейль с клубничным вкусом и чипсы. Я смешиваю на тарелке майонез с кетчупом, пока соус не становится лососево-розовым, с вкраплениями перца. Мэк спрашивает:

— У тебя акцент… Ты ведь не отсюда, верно?

Я качаю головой.

— До пяти лет жила в Мэнли[3], потом в Гонконге и Сингапуре. — И громко отхлебываю молочный коктейль.

---

[3] Северный пригород Сиднея.

— Как тебя занесло в такую даль? Родители там работали?

— Папа возглавляет подразделение нефтяной компании в Юго-Восточной Азии.

— Ах, нефть?

— Ага.

Мэк открывает рот, чтобы что-то сказать, но, видимо, решает промолчать. И устремляет взгляд на верфь, где над землей покачивается «Морская роза».

— Сейчас я живу с дедушкой в Мэнли, — продолжаю я. — Папа отправил меня в Австралию на учебу.

Мэк снова поворачивается ко мне:

— На факультет бизнеса?

— На экономический.

— И что теперь собираешься делать?

— Не знаю. Наверное, пойду в «Лазард»…

Мэк пристально смотрит на меня.

— Мне показалось, тебе не хочется проходить эту стажировку?

— Ну, если бы это зависело от меня, я бы училась изобразительному искусству, но папа сказал, что не будет за такое платить.

Воцаряется тишина. Я вздыхаю.

— Все-таки искусство — дело неприбыльное.

Мэк усмехается.

— Надо тебе познакомиться с моим другом.

— Что за друг?

— Мэгги. — Губы Мэка произносят ее имя с нежностью, словно ласково трепля по плечу друга. — Она много лет проработала куратором в Лондоне. Сейчас на пенсии. Живет здесь, в Сиднее, со мной.

Я вместе со стулом придвигаюсь к своему новому знакомому.

— Круто!

— Мэгги тебе понравится, — уверяет меня Мэк. — Она невероятная женщина.

— Когда я смогу с ней увидеться?

— Я вернусь сюда в среду, чтобы перегнать «Морскую розу» обратно в яхт-клуб. Мэгги пойдет со мной. Не хочешь к нам присоединиться?

Я вспоминаю наш утренний рейд по заливу Питтуотер и как мне было весело. И улыбаюсь:

— Конечно! С огромным удовольствием.

— Только во вторник вечером не пей, хорошо, девочка?

— Я больше вообще не буду пить! — восклицаю я, краснея.

— Ха! Слыхивали мы такое. — Мэк забирает у меня последнюю чипсину. — Пойдем отсюда.

Мы шагаем по автостоянке. Сквозь просвет в облаках пробивается солнечный луч; Мэк извиняется, говорит, что вернется через минуту, и спешит на верфь. Подходит к «Морской розе», касается ладонью ее днища. Оно пузатое, округлое, белое, с усиками бурых водорослей. Мэк что-то шепчет, поглаживая стеклопластиковую поверхность, нежно целует ее. И тут, переминаясь с ноги на ногу, я вдруг понимаю, что мне ужасно неловко, точно я исподтишка подглядываю за нежностями влюбленных, не предназначенными для чужих глаз.

В машине Мэк включает радио.

Я чувствую, как мелодия пронизывает меня светло-алым потоком.

— Мне нравится эта песня, — говорю я. — Она такая розовая.

— Что-что?

— Говорю, песня такая розовая. — Затем, сообразив, как странно это, должно быть, звучит, смущенно посмеиваюсь. — Не знаю. Просто у меня такое ощущение.

Мэк качает головой. Улыбается.

— Жду не дождусь, когда вы с Мэгги познакомитесь.

Морская лаванда

Я никак не могу отыскать ключи и вытряхиваю содержимое сумочки перед дверью дедушкиной квартиры на коврик с надписью: «Добро пожаловать в рай».

Стоя на коленках, роюсь в вещах.

— Черт, — бормочу я и поднимаюсь на ноги, чтобы постучать. Дед ненавидит, когда стучат в дверь.

Помню, как приехала сюда четыре года назад, одуревшая от смены часовых поясов, потная, хоть выжимай, с рюкзаком за плечами, в котором умещалась вся моя жизнь. Никто тогда не отозвался на мой стук, хотя я слышала вопли телевизора. Я крикнула:

— Эй?

— ЧЕГО НАДО?!

Резкий дедов возглас был ярко-зеленый, как лайм.

Когда-то здесь жила бабуля, мягкая, как персик; когда она открывала дверь, словно распускались лепестки бутона. Когда-то здесь заваривали чай, а в духовке неизменно стоял поднос с печеньем. Когда-то меня здесь ждали любящие объятия деда, поднимавшего меня в воздух и кружившего. Улыбающиеся глаза бабули и добродушные подтрунивания. Безумные дедовы истории и его хриплый смех.

А теперь — одно только грубое «ЧЕГО НАДО?!».

— Это Оливия, — сообщила я.

— КТО? — заорал дед, перекрикивая орущий телевизор.

Я постучала в дверь кулаком.

— Оливия!

Послышалось шарканье, дверь приоткрылась.

— Мне ничего не надо. Проваливайте.

Я схватилась за створку, прежде чем он успел ее захлопнуть.

— Дед, перестань. Это я... Оливия.

Дверь наконец открылась; старик, стоявший на пороге, оглядел меня с ног до головы. С нашей последней встречи кожа у него заметно потускнела. На нем были кепка для крикета, отглаженная белая рубашка, бежевые брюки и кожаные ботинки.

— Я думал, ты приедешь днем, — проворчал он.

Я посмотрела на часы:

— Сейчас уже три.

Дед пожал плечами и отступил назад, впуская меня в квартиру.

— Похоже, тяжелый, — пробормотал он, указывая на мой рюкзак. — Я бы тебе помог, но у меня спина болит. — Он потер поясницу.

— Ничего страшного, — сказала я, проходя вслед за ним. Он двигался с мучительной медлительностью.

— Это гостиная, — сообщил дед, точно я ни разу здесь не бывала. — Кухня. — Он сделал жест в сторону тесной кухоньки с линолеумом на полу и пустой вазой для фруктов на столе. — На балконе лучше всего по утрам.

Я выглянула на балкон, где в терракотовом горшке притулился ссохшийся суккулент.

— Я думала, суккуленты разводят потому, что они не умирают, — заметила я.

Дед засмеялся, но смех его напоминал тихий шелест листьев.

— Все умирает. — Он постучал пальцами по закрытой двери: — Это моя комната. Когда я там, меня нельзя беспокоить. Ясно?

Я кивнула.

Потом дед показал мне ванную и мою будущую спальню, велел не трогать коробки под столом и в шкафу, после чего извинился и вернулся к просмотру крикетного матча.

Распаковав вещи, я вернулась в гостиную и предложила деду заварить чай, но мой вопрос остался без ответа.

Только когда по телевизору началась реклама, дед повернулся ко мне:

— Извини, что не смог встретить тебя в аэропорту. Я был занят.

Я обвела комнату взглядом: наполовину заполненный кроссворд на кофейном столике, телеэкран, на котором снова появилась площадка для крикета, три пустые пивные бутылки.

— Все нормально, — ответила я. — Симпатичная у тебя кепка.

Но внимание деда уже снова было приковано к телевизору. Он сунул руку под кофейный столик, достал пачку сигарет и закурил. Это было что-то новенькое.

Я стояла на кухне, наблюдая за тем, как дед затягивается и кончик сигареты вспыхивает. Потом он выдохнул, и комната наполнилась дымом. Дед прокашлялся. Руки у него дрожали. Я посмотрела на его пальцы, сухие, узловатые, с пожелтевшими ногтями и болтающимся обручальным кольцом. Уже тогда я поняла, что ему очень плохо без бабушки. Время разрушало его тело. Но недостаточно быстро.

На плите засвистел чайник. Я залила заварку кипятком и стала наблюдать, как вода меняет цвет. На кухонном столе стоял букет лаванды с побуревшими стеблями и поникшими, раздерганными цветами. Можно было только догадываться, сколько они тут простояли.

В детстве, когда я приезжала в гости, бабушка прятала лаванду в ящиках моего комода, чтобы я повсюду распространяла ее запах. Каким волшебством это казалось! Но сейчас передо мной были цветы, которые медленно умирали, как и сам дед.

Я вышла к нему в гостиную и, выглянув в окно, посмотрела на холм, где загорались огни семинарии Сент-Патрик.

— Помнишь, ты мне рассказывал, что в Сент-Пате обитают феи, отчего он и светится по ночам? — спросила я, встав над ним.

Дед покачал головой:

— Не могу представить, чтобы я мог ляпнуть такую глупость.

Я села рядом. И в дальнейшем, на протяжении всех четырех лет, дед каждый раз напряженно застывал, когда я опускалась в бабулино кресло.

Вот и теперь за дверью, как обычно, орет телевизор, только на этот раз идет мыльная опера. Обычно дед не смотрит сериалы. Должно быть, он не в настроении.

Я собираюсь с духом и стучу.

Ответа нет.

Стучу громче.

По-прежнему тишина.

Я зову деда. Стучу кулаком. Кричу через дверь.

— Черт возьми, — бормочу я. Я уже третий раз за месяц торчу под дверью без ключей. Вне всякого сомнения, дед намеренно меня игнорирует.

Приоткрывается дверь напротив, и на лестничную клетку высовывается голова Уилла.

— Не пускает? — спрашивает он.

— Увы.

— Придется забираться по веревке.

Я закатываю глаза. Потом спрашиваю:

— У твоей мамы еще есть запасной ключ?

— Увы.

— Очень смешно, — ворчу я.

Уилл исчезает внутри, а через минуту возвращается с ключом и бросает его мне.

— Молодец, поймала.

— Молодец, не промазал.

Уилл подмигивает, бросает:

— До новых встреч, — после чего возвращается к себе в квартиру.

Я открываю дверь.

— Привет, — говорю я, проходя мимо деда, сидящего в своем кресле в гостиной.

Он не отвечает.

Я прохожу в свою комнату, бросаю на кровать сумочку, скидываю ботинки, снимаю куртку, выхожу и ставлю чайник.

— Прости, я не ночевала дома, но ты не поверишь, что со мной случилось.

Молчание. Он даже не хмыкает, чтобы изобразить интерес.

— Дед? — зову я.

Чайник начинает свистеть.

Должно быть, дед действительно злится. Впрочем, я и раньше оставалась у Адама, не предупредив его, поэтому вряд ли дело именно в этом.

— Дед? — повторяю я и тянусь за чайником. Снимаю его с плиты и начинаю наливать кипяток, хотя на чашку не смотрю. Я смотрю на дедушку, ссутулившегося в кресле перед телевизором.

Кипяток льется на столешницу и забрызгивает мне носки. Я отскакиваю.

— Ой, блин!

Никто меня не отчитывает за сквернословие.

— Дед? — шепчу я, огибая стол. Он так странно ссутулился... Я начинаю дрожать и медленно приближаюсь к нему.

Голова его почему-то клонится набок, шея выгнута.

Я делаю еще один шаг.

А потом вижу его глаза, остекленевшие, полуоткрытые, затуманившиеся. Я протягиваю трясущуюся руку, касаюсь кончиком пальца его щеки. Она теплая. Значит, он еще жив, правильно?

— Дед! — кричу я.

Уилл со смехом открывает мне дверь.

— Тебя опять не... — Он замолкает и хмурится: — Все в порядке?

— Н-нет, — заикаюсь я. — С дедом что-то не так.
— Мама! — зовет Уилл через плечо.
— Что? — нараспев отзывается Энни из другой комнаты.
— Мам!
— В чем дело? Я занята!
— Мама! — продолжает орать Уилл.

Через мгновение Энни выходит в коридор.
— Кажется, у деда удар, — говорю я ей.
— О господи! — восклицает Энни и бросается к выходу мимо меня. — Уилл, вызывай скорую.

Я следую за ней в дедушкину квартиру. Энни прикасается к нему. Вздрагивает.

За окном вечереет, и в Сент-Пате загораются золотистые огоньки.

Энни берет дедушку за запястье, проверяет пульс. И тяжело вздыхает.
— Родная, мне так жаль...
— Но он же теплый. Я проверила.

Следом за мной входит Уилл:
— Скорая уже едет.

Энни качает головой.

А я вдруг чувствую, что касаюсь земли. Как будто я всю жизнь провела, паря в открытом космосе, но только сейчас впервые ощутила силу тяжести. И эта сила, воздействующая на мое тело, ошеломительна.

Ее мощь придавливает меня.

Морской пион

Я сплю на диване Уилла, хотя на сон это мало похоже. Скорее, на ожидание. Ожидание чего? Проходящие часы царапают мне кожу. Впрочем, я не скорблю; во всяком случае, мне так кажется. Я даже не плакала.

Уилл мне предлагал. Пока мы чистили зубы, он сказал:

— Знаешь, можешь поплакать.

— Знаю, — ответила я, и в уголках рта выступила пена от зубной пасты. Но плакать я не стала.

Я ощущаю лишь одно: как невероятно плотны и тяжелы мои кости.

Лежа на диване, я наблюдаю за тем, как ночь постепенно белеет. Энни встает рано, чтобы поплавать. Я закрываю глаза и слушаю, как она осторожно крадется мимо меня.

К ее возвращению нежно-розовое небо становится голубым.

— Как спалось? — спрашивает она.

— Хорошо, — вру я.

— Есть какие-нибудь известия от родителей?

— Папа написал по электронке. Они забронировали билеты. Прилетят во вторник.

— Завтра?

— Нет, в следующий вторник.

Энни недоуменно таращится на меня.

— У папы в эти выходные большое совещание, — объясняю я.

— Я думала, твоя мама захочет приехать пораньше. Он ведь ее отец, правильно?

Я мотаю головой.

— Нет. Папин. Мамины родители умерли еще до моего рождения.

— Понятно… И все же я решила, что она захочет приехать пораньше.

— Папа хочет, чтобы она летала вместе с ним, — говорю я.

— Ладно, — кивает Энни, но вид у нее озабоченный. Затем она обещает помочь мне всем, чем только сумеет, и предлагает спать у них на диване, сколько понадобится.

Я вхожу в квартиру и понимаю, что по-настоящему пугает не вид угрюмого деда в кресле, а гробовая тишина, эта жуткая зеленая муть.

Я включаю телевизор и прибавляю громкость: пусть женский голос, расхваливающий пылесос, окрасит комнату в абрикосовый цвет. А снаружи огромное голубое небо. Я захожу в свою спальню и смотрю в окно на сосны, окаймляющие пляж, на море за ними. Море напоминает плиссированную ткань; до самого горизонта идут ровные ряды волн. Вот чего мне больше всего недоставало за границей: совершенно гладкого неба над морем. Бесконечного простора, уходящего за горизонт. Без смога, без розово-серых оттенков. Лишь идеальная тонкая линия внизу.

Услышав за спиной кашель, я вздрагиваю от неожиданности.

— Ой, черт, извини, — говорит Уилл. — Не хотел тебя напугать. — Он стоит в дверях в спортивных штанах и футболке.

— Разве ты не должен быть в школе? — спрашиваю я.

— Мама разрешила не ходить.

— Что? Потому что ты увидел покойника?

Уилл отворачивается. Пожимает плечами.

— Очень мило с ее стороны.

— Я подумал, что мы могли бы потусоваться.

— Конечно.

— Только если хочешь. Но если тебе нужно побыть одной…

— Нет-нет. Отличная идея. Компания мне не помешает… Хочешь посмотреть кое-какое барахлишко покойника?

Уилл широко распахивает глаза.

— Так нельзя! — восклицает он. — Ну да ладно. Думаешь, мне подойдут его шмотки?

— Ну это уж совсем ни в какие ворота!

Мгновение мы смотрим друг на друга, а затем разражаемся хохотом. Боль, которую я ощущаю при этом, приятна; кажется, грудь разверзается, выпуская жар и впуская холод. Будто бодрящий зимний морозец.

Уилл заходит в мою комнату, плюхается на кровать и наблюдает, как я открываю коробки, стоящие под столом и в шкафу. Наконец-то. Целых четыре года я гадала, что́ в них, но решила не заглядывать туда: живя в дедушкином доме, надо уважать его желания. В каком-то смысле лучше было и не знать ничего: строить догадки куда веселее. Сумрак неизвестности всегда меня волновал.

Выясняется, что мои фантазии о самоцветах и черном жемчуге далеки от истины. В коробках под столом лежат кулинарные книги и скатерти. С коробкой из шкафа везет чуть больше: к моей радости, она битком набита бабулиной косметикой. Здесь и губные помады всевозможных цветов, и флаконы духов с пожелтевшими этикетками, и пудреницы, и лаки для ногтей разных оттенков красного. Порывшись в помадах, в конце концов я останавливаюсь на темно-вишневой. Провожу ею по губам и посылаю Уиллу воздушный поцелуй.

Он смеется:

— А мне какой цвет подойдет?

— Хм, — говорю я. — Нужен такой, который подчеркнет твои глаза. — Я нахожу ярко-розовую помаду. — Идеально.

Уилл выпячивает губы.

— Стой спокойно, — приказываю я, нанося помаду. — О, прелестно!

— Я чертовски привлекателен, — говорит он, разглядывая свое отражение в зеркале на столе.

— А теперь приоденемся, — командую я.

Дедушкина спальня меньше, чем мне помнится; ее почти целиком занимает кровать. Шагнув за порог, я осознаю, что, вероятно, не заходила сюда с тех пор, как в детстве рождественскими утрами забиралась в постель к бабуле и деду и устраивалась между ними. Тогда эта комната казалась мне огромной. А кровать — теплой и просторной. Пускай дед умер в своем кресле, на самом деле его жизнь закончилась много лет назад — со смертью бабули.

Я открываю шкаф, и нас окутывает затхлый табачный запах.

— Все в порядке? — спрашивает Уилл.
— Да. А у тебя?
— Немного странно, правда? Когда-то эта одежда кому-то принадлежала, а теперь она просто, не знаю…
— Просто одежда.
— Да.

Я пожимаю плечами.

— О-о, вот это мне по вкусу, — говорит Уилл, вытаскивая твидовое пальто. Сует в рукава свои длинные тонкие руки.

— Неплохо смотришься, — говорю я. И достаю темно-синий блейзер. — А мне вот это пойдет?

Уилл кивает:

— Отпад.

Я дополняю наряд костюмными брюками, ярко-красными носками и парой бабулиных сапожек, расшитых золотыми пионами. Уилл примеряет изумрудно-зеленые вельветовые штаны, полосатые носки и замшевые мокасины. Образ завершает ожерелье из розового жемчуга.

— Выглядим на миллион.
— Мы и сто́им миллион, — смеется Уилл.
— Пожалуй, мне следует разобрать остальные вещи, — размышляю я вслух.
— Да, пожалуй. Рано или поздно все равно придется.

— Не мог бы ты принести с кухни несколько мешков для мусора? Они в третьем ящике снизу.

— Конечно. — Уилл на минуту исчезает и возвращается с охапкой пакетов. — Вот, — он протягивает мне один пакет.

— Спасибо, — говорю я, снимая с вешалки куртку. — Забирай, что пожелаешь... Я все равно сдам вещи в благотворительный магазин.

Уилл молча улыбается в ответ и начинает помогать.

Как только вся одежда сложена в мешки — за исключением нескольких вещей, оставленных нами для себя, — мы переходим к содержимому прикроватной тумбочки.

— О боже! — восклицает Уилл. — Ты только взгляни!

Он вынимает из ящика пачку игральных карт с фотографиями обнаженных женщин на «рубашках». Снимки очень контрастные, из-за чего соски и лобковые волосы кажутся чересчур яркими.

— Грязная скотина, — ворчит Уилл, тасуя колоду. И смотрит на меня: — У тебя уже был секс?

— Ничего себе! Вообще-то о таком не принято спрашивать.

— Ой, ну извини. Мама говорит, мне нужно фильтровать базар.

— Соглашусь.

— Так был?

— Что?

— Секс!

— А тебе-то что? — холодно говорю я, но уже чувствую, как щеки заливает жаркий румянец.

Уилл пожимает плечами.

— У меня был.
— У меня тоже. Вроде того.
— Как это?
— Ну, то есть я уже занималась любовью, но оргазма, понимаешь, не испытывала. Во всяком случае, мне так кажется.
— Думаю, ты бы точно знала, если бы испытала.
— Тогда ладно. Видимо, не испытывала.
— Твой Адам не похож на заботливого любовника.
— Эй! — восклицаю я. — Ты того и гляди переступишь черту.
— Извини, — снова говорит Уилл, хотя вид у него отнюдь не виноватый. — Кстати, а где Адам?

Я пожимаю плечами.

— В смысле, почему он не здесь? — настаивает Уилл.

— Я еще не сообщила ему.

Уилл хмурится.

— Почему?
— Позапрошлым вечером мы поссорились.
— И что? Ты все равно должна ему рассказать.
— Знаю. Я собираюсь.
— Прямо сейчас?

При мысли о том, чтобы поговорить с Адамом прямо сейчас, у меня учащается пульс, каждый удар сердца причиняет боль, поэтому я меняю тему.

— Прямо сейчас мне хочется убраться отсюда. Как насчет того, чтобы отвезти пакеты в благотворительный магазин?

— Конечно, — говорит Уилл. — Но я все равно считаю, что тебе надо ему позвонить.

— Позже, — говорю я. — Обещаю.

Мы спускаемся по склону холма в Мэнли и отдаем пакеты с одеждой в благотворительный магазин. По пути домой нам попадается киоск с мороженым. Я дергаю Уилла за руку, останавливая его.

— У меня нет денег, — вздыхает он.

— У меня есть, — отвечаю я, разглядывая судки с разными вкусами. И обращаюсь к продавцу: — Мне, пожалуйста, шарик сливочного с шоколадными крошками и шарик карамельного в большом шоколадном рожке.

— Мне то же самое, — говорит Уилл. На губах у него до сих пор помада, на шее жемчужное ожерелье. Окружающие таращатся на него. Но нас их внимание не волнует. Думаю, это смерть так влияет. Перестаешь зацикливаться на мелочах.

В конце улицы Корсо я снимаю ботинки и носки, сбегаю по ступенькам к пляжу, погружаю ступни в песок и шевелю пальцами. Затем приближаюсь к воде и сажусь, чувствуя, как песок скрипит подо мной. Уилл садится рядом, вытягивая свои длинные ноги.

Солнце у нас за спиной заходит, и океан словно стекленеет.

— Это всегда было мое любимое время года в Сиднее, — говорю я.

— Почему? Сейчас холодно.

— Потому что вода еще теплая. Дед часто говорил: ночь солнце проводит под водой, и потому, хотя дни становятся короче, море остается теплым до дня зимнего солнцестояния, когда солнце начинает потихоньку вылезать и дни снова становятся длиннее.

Я смотрю на Уилла. Подбородок у него измазан мороженым.

— Во всяком случае, так гласит история.

— Похоже, он был великий сказочник.

В вышине загораются первые звезды. Они усеивают небо, точно веснушки на серой коже.

— Да, но порой я об этом забываю. После бабушкиной смерти он перестал рассказывать сказки.

Уилл с неуклюжей нежностью обнимает меня за плечи.

Морская ромашка

В четверг я просыпаюсь рано утром и получаю электронное письмо от своего научного руководителя, который сообщает, что у него больше нет замечаний к моей дипломной работе. «Поздравляю», — пишет он.

Я закрываю письмо, кладу телефон и беру со стола ноутбук. Захожу на студенческий портал своего университета, открываю аттестационную страницу, загружаю дипломную работу и наблюдаю, как индикатор загрузки наливается голубым цветом. По завершении процесса нажимаю «Отправить». Вот и все, дело сделано.

Я закрываю ноутбук и возвращаюсь в постель.

И жду. Жду, когда меня отпустит, когда я почувствую облегчение. Но тяжесть остается, гнетущая и холодная, словно кости налиты свинцом. Боль, вызываемая этой тяжестью, темно-фиолетового цвета.

Я отворачиваюсь к стене. У меня над головой следы протечек, похожие на пигментированную старческую кожу. Я закрываю глаза и наконец снова засыпаю.

Несколько дней спустя я встречаю Адама на Центральном вокзале. Мы обнимаемся, он целует меня в щеку. Между нами дистанция, которую мы оба старательно не замечаем.

— Я подумала, что можно пойти прогуляться, — говорю я.

Адам пожимает плечами.

— Конечно.

Спустя какое-то время мы проходим мимо азиатского супермаркета. Запах сушеных зеленых слив, водорослей и смеси пяти специй напоминает мне, как мы с Шарлоттой, когда мне было пятнадцать, пробирались сквозь толпу на одном из гонконгских рынков, следуя за Мавик и Элви. Мы тащили пакеты с покупками, а они торговались с продавцами.

Мавик была для Шарлотты второй мамой. Ростом пять футов, она обладала широкими бедрами, толстой шеей и крепкими руками. И хотя она работала в их семье все время нашей с Шарлоттой дружбы, однако никогда не называла детей по именам. Шарлотта была «номер один», а ее братья — «номер два» и «номер три».

Элви, наша служанка, была остра на язык и взглядом пронизывала насквозь. Объемные блузки, которые она носила, болтались на ней, как на вешалке. Элви всегда была очень серьезна и поначалу обескураживала меня этим. Но как-то папа в бешенстве разбил стеклянный кофейный столик, и Элви на кухне взяла меня за руку и одарила улыбкой, от которой в доме сразу стало терпимее. Во всяком случае, безопаснее.

Впервые очутившись в Гонконге, я невзлюбила местные запахи. Шофер, возивший меня в школу, каждое утро проезжал мимо уличного рынка, и даже при закрытых окнах я зажимала нос, чтобы не ощущать вони сырого мяса и свежевыпотрошенной рыбы. Но потом я познакомилась с Шарлоттой, и ароматы Гонконга вдруг стали казаться мне волнующими. Родителям Шарлотты нравилось, что Мавик водит нас на рынок в центре города; думаю, они сами это и предложили. Но когда моя мама узнала, что Элви берет меня с собой, она наябедничала папе, и тот уволил служанку. Вместо нее он нанял Мэй Грейс, которая готовила у нас на кухне змеиный суп себе на обед. Втайне мне нравилось, что папу ужасает мысль о поедании змей.

Я поворачиваюсь к Адаму:

— Я загляну туда на минуточку, хорошо?

Адам колеблется.

— Э-э-э, хорошо, — наконец отвечает он. — Конечно.

И входит вслед за мной.

Я иду по проходам, изучая полки. Вот печенье «Привет, Панда», крекеры из каракатицы, сушеные кальмары и *моти*[4]. Адам нервно маячит у меня за спиной, будто не знает, где ему встать и куда смотреть.

— Ага, вот они! — восклицаю я, хватая с полки пакетик с пастилками. Также я покупаю горсть мини-упаковок желе из личи.

— Что это? — спрашивает Адам, когда я вскрываю пакетик на улице.

— Пастилки из китайского боярышника, — объясняю я.

— Из китайского чего?

— Боярышника. Это ягода такая.

---

[4] Десерт из рисового теста.

Я вспоминаю, как зимними утрами, пока воздух был еще не так мутен, мы с Шарлоттой покупали у торговцев на перекрестках засахаренный боярышник, а потом, с алыми губами и под сахарным кайфом нарезали круги вокруг Мавик.

— Хочешь попробовать? — предлагаю я Адаму.

Он недоверчиво косится на меня:

— Нет, спасибо.

Я прислоняюсь спиной к витрине магазина.

— Итак, ты сказала по телефону, что хочешь поговорить, — напоминает Адам. — О чем? — И, прежде чем я успеваю ответить, продолжает: — Злишься из-за того вечера, верно?

Я не сразу понимаю, о чем он говорит; наша ссора совершенно выветрилась у меня из головы.

— Я везде тебя искал, — говорит Адам, словно оправдываясь.

— Погоди, что?

— Ты просто встала из-за стола и ушла.

— Я была в туалете.

— Двадцать минут? — резко парирует он.

И вдруг я понимаю, что Адам вообще не понял, куда я делась. Я представляю, как валяюсь в отключке, обнимая унитаз. Кошмар. Какое убожество! Меня бросает в краску.

— Прости, что сбежала, — бормочу я.

— Ага, — роняет он.

— Но мне не понравилось то, что ты сказал, — продолжаю я. — Это было ужасно несправедливо.

Адам отворачивается и глубоко вздыхает.

— Ты права. Извини... Просто у меня сейчас стресс. Не знаю, куда теперь податься. Меня не взяли ни в одну из фирм, куда я подавал заявления.

Я беру его за руку, переплетаю наши пальцы.

Адам добавляет:

— А эта стажировка — просто фантастика, сама знаешь. Не хочется наблюдать, как ты упускаешь такую возможность. — Он стискивает мою руку. — Я говорю это, потому что мне не все равно.

— Знаю.

А потом Адам добавляет:

— Я же люблю тебя, понимаешь?

И я чувствую, как меня отпускает.

— Понимаю.

— Значит, между нами все улажено?

— Вообще-то я хотела тебе кое-что сообщить.

— Что?

— У меня дедушка умер.

— Что? — удивленно спрашивает он. — Когда?

— В понедельник.

— Соболезную. Надо было мне позвонить. — Адам отпускает мою руку, поворачивается ко мне лицом и раскрывает объятия: — Иди ко мне. — Он притягивает меня к себе.

— Спасибо, — лепечу я ему в плечо.

Адам запускает пальцы мне в волосы и массирует затылок.

Когда он отпускает меня, я говорю:

— Похороны в среду. Родители прилетят завтра утром.

— Хочешь, чтобы я тоже пришел?

Я пожимаю плечами.

— Хотя это несколько странновато, — замечает он. — Я ведь еще не знаком с твоими родителями.

Когда родители в последний раз меня навещали, у нас с Адамом был перерыв в отношениях.

— Да, — говорю я. — Пожалуй.

— То есть я приду, если хочешь, — быстро добавляет Адам.

Я мотаю головой.

— Нет, не беспокойся, — говорю я, думая, что будет ужасно, если отец невзлюбит Адама, но еще хуже — если они поладят.

Я вскрываю мини-упаковку желе из личи и с наслаждением втягиваю его губами, пачкая подбородок и щеки.

— Ты в порядке? — наконец спрашивает Адам.

— Да. Вообще-то чувствую некоторое оцепенение.

— Хорошо, что вы с дедушкой были не так близки.

— Что?

— Я думал, тебе не нравится с ним жить.

Я подхожу к мусорному ведру и выплевываю желе. Меня от него тошнит.

— Он все-таки мой дедушка, Адам.

Адам вздыхает.

— Прости, ляпнул, не подумав.

Я отворачиваюсь.

— Я просто не знаю, что сказать...

Тут до меня доходит, что у Адама никогда еще не умирал близкий человек, и я улыбаюсь ему, как бы говоря: «Все в порядке, я тебя прощаю».

— Может, пойдем ко мне? — предлагает он. — Я приготовлю тебе ванну.

— Было бы здорово, — говорю я. — Спасибо.

Хотя Адам живет с родителями и мы встречаемся уже четыре года, мы все равно пробираемся в его комнату по боковой дорожке. Если пройдем через дом, его мама усадит меня за кухонный стол и примется угощать чаем с печеньем. Время от времени она будет сетовать, что я ужасно худая, но только если поблизости не будет сына.

Однажды я сказала Адаму:

— Твоя мама беспокоится, что я слишком мало ем.

Он удивленно посмотрел на меня, а потом возразил:

— Не такая уж ты и худая.

И я знала, что он прав. Я могла бы быть и постройнее.

Мы входим в комнату Адама, и он включает свет. Я говорю «комната», но на самом деле в его распоряжении целый этаж. С полированной напольной плиткой, мягкими кожаными диванами, картинами на стенах и огромными окнами, выходящими на гавань. Есть даже кухонный уголок. И ванная комната с самой большой ванной, какую я когда-либо видела. И проектор вместо телевизора.

Я закрываю за собой стеклянную дверь и снимаю обувь. Плитка холодит ноги, пока я шлепаю к дивану. Плюхнувшись на него, подтягиваю колени к подбородку и обхватываю ноги руками, слегка дрожа. Адам целует меня в лоб и идет набирать воду.

Когда все готово, он поднимает меня на руки и относит в ванную. Там уже горит свеча, а вода благоухает ромашками. Адам опускает меня на пол, касается моих бедер руками и медленно стягивает с меня джемпер вместе с рубашкой. Я послушно поднимаю руки. Он расстегивает пуговицы на моих джинсах, и я выбираюсь из штанин. Когда я оказываюсь перед ним в одном лифчике и трусиках, он нежно прижимает большой палец к моему лобку и начинает мягко водить им взад-вперед.

Я поворачиваюсь в его объятиях лицом к зеркалу и ловлю свое отражение. Вид у меня больной. Я похожа на морскую раковину, из которой вынули живую плоть. Мне вспоминается, что со смерти деда я почти ничего не ела, если не считать нескольких пастилок сегодня утром. Каждый раз, когда я пыталась проглотить хоть кусочек, меня одолевала тошнота. Свет свечи мерцает у меня на щеках, заполняя провалы золотыми искорками.

Адам поворачивает голову, и теперь мы оба видим свое отражение. Он усмехается и говорит мне, что мы горячая парочка. А потом оглядывает мое тело и шепчет мне на ухо:

— Ты такая сексуальная.

Меня захлестывает волна облегчения. Я пытаюсь удержаться на ней. К худу или к добру.

Я вылезаю из ванны, когда кожа на пальцах окончательно сморщивается. Адам в другой комнате смотрит повтор матча регби и периодически орет на телевизор, хотя знает, кто победил. Я вытираюсь и надеваю трусики и шелковую ночную сорочку, которую он купил мне на День святого Валентина. Я храню ее здесь, потому что мы с ним редко ночуем в дедушкиной квартире: Адам отказывается спать со мной на односпальной кровати. А еще потому, что кружевные бретельки на самом деле не очень удобны, и я бы не стала надевать эту сорочку в его отсутствие.

Вода уходит из ванны, громко булькая. Слышно, как Адам выключает телевизор и идет по коридору в спальню. Я зажигаю лампу рядом с его кроватью, он гасит люстру. Нас обволакивает мягкий желтый свет.

Я оборачиваю мокрые волосы полотенцем и ложусь на кровать. Адам раздевается, бросая одежду на пол, рядом с корзиной для белья.

Он смотрит на меня и улыбается. У меня по коже бегут мурашки. Адам говорит:

— Ты идеально выглядишь в моей постели.

Я натянуто улыбаюсь.

Он забирается в кровать в одних трусах, ложится рядом со мной и вытягивает руку, чтобы я легла к нему под бочок. Я закрываю глаза, прижимаюсь щекой к его теплой груди. И чувствую, что погружаюсь на дно. Кости отяжелели и тянут меня вниз.

Адам касается моей щеки, проводит пальцами по подбородку, шее, потом по груди, спускается вниз, по ребрам, к подолу сорочки. Просовывает под нее палец, приподнимая ткань над моим бедром так, что она собирается на талии. Его дыхание учащается, розовый цвет превращается в алый. Ярко-алый, броский и насыщенный.

— Малыш, — бормочу я, не открывая глаз, — я слишком устала.

Адам гладит мои ягодицы. Я чувствую, как его член набухает у меня возле бедра.

— Я так сильно хочу тебя, — шепчет он.

На губах у меня играет невольная полуулыбка. Потому что это приятно — быть *желанной*.

А потом Адам целует меня и осторожно стягивает с меня трусики. Снимает свои. Раздвигает мне ноги.

Теперь он стоит на коленях, нависая надо мной. По стене распластывается фиолетовая тень. Он подается к моим бедрам, ласкает меня, но я еще не настолько мокрая. Собственно, я совсем не мокрая. Он входит в меня, и у меня перехватывает дыхание. Это похоже на сон, в котором падаешь назад. И внезапно просыпаешься. В полете. Хватая воздух ртом.

— Тебе хорошо? — спрашивает Адам, и я не отвечаю, потому что постепенно станет хорошо. Если я приложу усилия. Если просто расслаблюсь.

И я расслабляюсь. Сдаюсь. Мне становится хорошо и одновременно плохо, оба эти чувства усиливаются, и под конец я начинаю ощущать наслаждение и столь же сильную боль. Равновесие голубого цвета.

После этого Адам заключает меня в объятия и снова говорит, что любит.

На ночном небе набухает кроваво-оранжевая луна. Внизу сверкают огни города.

Я извиняюсь, иду в туалет, запираюсь и открываю кран, чтобы Адам не слышал, как я писаю.

Когда я подтираюсь, на туалетной бумаге остается немного крови.

Хотя у меня сейчас нет месячных. Просто такое иногда случается.

Морская лилия

Родители приезжают с букетом лилий. Выглядят они безупречно: и цветы, и родители. Настолько безупречно, что я думаю: если бы не цветы, никто бы не догадался о причине их визита.

Мама ставит лилии в вазу, а вазу — на кухонную столешницу. Букет потрясающий, розово-белый. Розовый и призрачно-белый.

Мама берет папину куртку, вешает ее на крючок у двери.

Папа ежится и ворчит:

— Боже, как здесь холодно. Почему не включен обогреватель?

Я пожимаю плечами.

— Кажется, я заплатил за его ремонт? — спрашивает он.

— Не так уж и холодно, — возражаю я.

— Ты просто не акклиматизировался, дорогой, — говорит ему мама, после чего поворачивается ко мне. — Сейчас в Сингапуре ужасная жара, — объясняет она, как будто я там не жила, как будто меня не увезли от всех моих гонконгских друзей, от Шарлотты. Как будто я забыла свои обжигающие горькие слезы.

Папа подходит к обогревателю и включает его на полную мощность.

Мы отправляемся ужинать в Мэнли, потому что родители не готовят, а когда я предлагаю сама что-нибудь приготовить, папа спрашивает: «Зачем?» На следующий день мы снова идем завтракать в прибрежное кафе, и, поскольку никто не говорит о похоронах, можно подумать, что никаких похорон не будет.

Когда мы возвращаемся домой, я иду в свою комнату и надеваю наряд, который был на мне, когда мы с Уиллом разбирали дедушкины вещи. В гостиной я появляюсь в синем костюме, ярко-красных носках и расшитых золотом сапожках. Мама оглядывает меня и замечает:

— Я подумала, ты могла бы надеть вот это. — И достает из своего чемодана блестящий пакет, из которого вынимает сверток в розовой папиросной бумаге, а из свертка — платье с цветочным узором. Белые лилии, плавающие в бирюзовом шелковом море.

— Но мне нравится этот костюм, — возражаю я.

— По-моему, будет лучше, если ты наденешь платье.

— Мне в этом удобно.

— Оливия, — твердо говорит мама, протягивая мне платье, — я купила его специально для тебя.

— Я уже выбрала наряд.

Из дедушкиной комнаты выходит папа в строгом черном костюме.

Оглядывает меня. Хмурится.

— Надень платье, Оливия, — требует он, не обращая внимания на маму, которая продолжает говорить.

— Но... — начинаю я.

— Твой «наряд» неуместен, — отрезает папа. — Разговор окончен.

— Хорошо, — сдаюсь я и беру у мамы платье.

Как и все вещи, купленные для меня мамой, оно оказывается на размер меньше. Мне приходится втянуть живот, чтобы застегнуть молнию.

Мало кто из друзей приходил к деду, пока я жила у него, и никого из них мои родители на похороны не позвали. На кладбище в Фэрлайте, всего в десяти минутах езды от квартиры в Мэнли, где дед прожил всю жизнь, присутствовали только мы, соседи Уилл и Энни и два деловых партнера папы. Я задаюсь вопросом, что думает по этому поводу дед, но потом вспоминаю, что он мертв, так как же он может что-нибудь думать?

Мы собираемся вокруг могильной ямы и смотрим, как в нее опускают полированный черный гроб. Деда хоронят рядом с бабулей, и хоть я уверена, что он уже ничего не чувствует и ему все равно, насколько близко они будут лежать, я не могу не скорбеть о разделяющих их полутора метрах земли. Ибо даже когда гроб неизбежно развалится и почва заполнит пустоты в осевшей плоти деда, между их с бабулей костями навсегда останутся полтора метра грязи, червей, насекомых и камней. И в этой мысли есть нечто ужасно мучительное.

Я чувствую, что и сама набита землей. Она повсюду. В ушах, в носу, под языком. Скрипит на зубах. Забивается под ногти.

Первая горсть земли падает на венок из белых лилий, и мама разражается слезами. Весьма вовремя. В яму летит вторая горсть, и мамины рыдания сгущаются, тяжелеют, становятся какими-то влажными. Папа обнимает маму за плечи. У ее всхлипов неприятный буро-красный цвет. Как мокрая, грязная, гниющая осенняя листва.

— Ну же, — говорит папа, похлопывая маму по плечу. — Ну же… Перестань.

Папа забронировал столик в модном сиднейском ресторане и пригласил своих деловых партнеров. Это одно из тех мест, где предлагают дегустационное меню; где за сочетание каждого блюда с отдельной маркой вина отвечает специально обученный человек. Одно из тех мест, где нельзя попросить сменить ингредиент, потому что это испортит все блюдо. И оскорбит шеф-повара.

— Я не буду это есть, — говорю я, когда передо мной ставят тарелку с говяжьими щечками. — Я вегетарианка.

Папа чуть не выплевывает вино обратно в свой бокал.

— Ты… кто?

— Вегетарианка. Я не ем мяса.

— С каких это пор? — спрашивает он и смотрит на своих деловых партнеров, потом на меня, на мою тарелку и снова на партнеров. Он извиняется перед ними взглядом. И взглядом же наказывает меня.

— Уже год, — вру я. Вчера я ела салат с курицей. А сегодня утром — копченого лосося. Но почему-то цвет говяжьих щечек наводит меня на мысль о смешанном с землей дедушкином прахе.

Облака за окнами подсвечены пылающим золотом. Точно такое же золото сверкает на маминой шее. И оттягивает ей ушные мочки. Оно очень тяжелое. Часы. Кольца. Браслеты. Золото. Золото. Золото.

— Закажем что-нибудь другое, — предлагает мама.

— Ни за что, — отрезает отец.

— Саймон, я думаю… — начинает она.

Папа обрывает ее:

— А ты не думай. — И раздраженно смотрит на меня: — Оливия, ты знаешь, как трудно было забронировать здесь столик?

— Нет, — шепчу я.

— Что?

— Я говорю: нет.

Его шею заливает алая краска.

— Ты ставишь себя в неловкое положение.

Я хочу возразить, что не чувствую неловкости.

Но тут замечаю папину руку, лежащую на столе; я вижу, как он сжимает вилку и костяшки его пальцев белеют. Я знаю эту руку. Знаю, какую боль она может причинить. Как обжигает щеку. И потому не говорю, что не чувствую неловкости. Я вообще ничего не говорю. Просто беру нож и вилку и разрезаю щечку пополам.

Я жую плоть — смешанный с землей прах.

— У Оливии стажировка в «Лазарде», — весело сообщает мама, меняя тему. В умении разряжать обстановку ей нет равных.

Папа ослабляет хватку на вилке.

— Отличная новость, — говорит один из его партнеров, и сердитая складка на лбу у папы начинает разглаживаться.

Мама продолжает:

— Оливия только что получила диплом экономиста.

— Вы выпускаетесь в мае? — осведомляется у меня другой папин партнер.

— Я заканчиваю на полгода раньше, — объясняю я.

— Она досрочно сдала дипломную работу, — добавляет мама.

Бизнес-партнер смотрит на моего папу и улыбается:

— Впечатляет.

— Да, — подхватывает мама, — мы очень гордимся. Правда, Саймон?

Я откидываюсь на спинку стула и смотрю в окно на тускнеющее золото.

— Да, — отвечает папа.

Золото превращается в пепел.

Это то же самое небрежное «да», которое он уронил в сторону официанта, спросившего: «Суп желаете с молотым перцем?»

Затем папа поворачивается к одному из своих коллег, работающему в угольной промышленности, и расспрашивает его о положении дел. Лоб мужчины покрывается каплями пота. У него толстая шея, подрагивающая под подбородком, когда он говорит. Он сообщает отцу, что, вопреки вздору «зеленых», угледобыча процветает. Уверяет, что в мире многие до сих пор живут без электричества, и приводит статистические данные. Цифры меня поражают. По его словам, каждый человек должен иметь право на доступ к электричеству и уголь гораздо дешевле других вариантов. Вот почему на данный момент для нас это наилучший вариант. На самом же деле единственная его забота — чтобы каждый житель планеты мог позволить себе электричество.

Звучит почти героически.

Родители покидают Сидней еще до того, как лилии в гостиной начинают увядать. Снова оставшись в квартире одна, я завариваю себе чай и выхожу с чашкой на балкон, с которого открывается вид на пристань и старый аквариум. Подходит паром. Позади него к мысам в устье бухты спешит целая флотилия яхт. Я думаю о «Морской розе».

— Черт! — бормочу я, соображая, что так и не позвонила Мэку и не сообщила, что не смогу поехать с ним за яхтой. Надеюсь, его приятельница не обиделась.

Я иду в свою комнату и беру телефон. Старик значится у меня в контактах под именем «Мэк-похититель».

Он берет трубку после второго гудка.

— Мэк слушает, — произносит он глубоким синим голосом.

— Привет, это Оливия.

— Оли! — кричит он. — Как дела, девочка?
— Все нормально. А у вас?
— Замечательно!

Я смеюсь; его энтузиазм заразителен.

— Отлично. Извините, что не позвонила на прошлой неделе...

— Ничего страшного. Мэгги считает, что с плаванием в Новую Зеландию я переборщил.

— И с похищением тоже.

Он хохочет:

— Да-да. Вот именно.

На миг повисает молчание, затем Мэк говорит:

— Но я ужасно рад тебя слышать, — и я чувствую, как напряжение спадает.

— Вы благополучно отогнали яхту в клуб?

— Старушке «Морской розе» потребовалось больше времени на очистку, чем предполагалось поначалу. Ее вернут нам только завтра.

— О, — говорю я, — так, значит, я по-прежнему могу присоединиться к вам? Было бы чудесно!

— Мы заедем за тобой в восемь.

Морская фиалка

Когда на следующее утро я выглядываю на улицу, ветер дует вдоль берега. Мы с Мэком выходим из дому, и он говорит, что нам предстоит веселенькая прогулка. Я ощущаю волнение в груди. Душевный подъем, который одновременно будоражит и пугает.

Когда я подхожу к машине, на переднем сиденье сидит женщина. У нее длинные серебристые волосы, заплетенные в косу.

— Это Мэгги, — сообщает Мэк, когда я забираюсь на заднее сиденье. Женщина оборачивается. На ней большие темные очки. Рассеянно взглянув в мою сторону, Мэгги протягивает мне руку. Я тоже протягиваю свою. И в тот момент, когда наши ладони соприкасаются, что-то словно разворачивается и схлопывается. Как будто небо расширяется, а земля съеживается. Наши тела притягиваются, сближаются, пока не остаемся только мы, она и я. Она и я.

— Я Мэгги, — произносит она. Я никогда не видела голос такого цвета: бархатисто-сиреневого. Мэгги.

Она — дикие фиалки в тундре.

— Я Оли.

Мэгги улыбается:

— Знаю.

В получасе езды к северу от дедовой квартиры мы останавливаемся у яхт-клуба «Ройал принс Альфред» на берегу залива Питтуотер. Кипенные мачты яхт расчерчивают небо белыми штрихами. От волнения у меня кружится голова.

Когда Мэк ставит машину на ручник, между коленями Мэгги вдруг просовывается собачья голова. Ее внезапное появление страшно пугает меня, и я взвизгиваю.

Мэгги всю дорогу просидела, устремив взгляд вперед, и до сих пор смотрит в переднее окно. Она смеется, гладя собаку по голове.

— Это Коко, — сообщает она.

У Коко гладкая черная шерсть и большие выпуклые глаза. Она очень упитанная, даже для лабрадора.

— Привет, — говорю я.

Коко яростно виляет хвостом, колотя им по приборной панели.

— Она волнуется, — говорит Мэгги, по-прежнему глядя вперед. — У нас редко появляются новые друзья.

Мэк выходит из машины и открывает мне дверцу. Я вылезаю и иду за ним к багажнику, откуда мы выгружаем две сумки. Я наблюдаю за тем, как Мэгги открывает дверцу. Сначала на асфальт выпрыгивает Коко. Мэгги следует за ней, держа в руках поводок, больше напоминающий сбрую. Она велит Коко стоять, после чего наклоняется и надевает на нее сбрую. Тут меня осеняет.

Мэгги слепая. То есть совсем.

Однако женщина уверенно шагает вслед за Коко, окликая нас:

— Ну что? Идете?

Я смотрю вниз, на собственные ноги, словно приросшие к асфальту. Язык мне не повинуется.

— Я же говорил, — шепчет Мэк, расплываясь в улыбке. — Она потрясающая.

Я молча киваю, и он смеется, похлопывая меня по спине:

— Пойдем, девочка.

Мы следуем за Мэгги и Коко по причалу туда, где пришвартована «Морская роза». Как Коко нашла нужную яхту среди всех остальных, выше моего понимания.

Мэгги отстегивает поводок, швыряет его на палубу и перелезает через леерное ограждение. Коко запрыгивает на палубу и следует за Мэгги в кокпит. Усевшись, она лижет хозяйке лодыжки. Мэгги улыбается и похлопывает собаку по голове:

— Я тоже тебя люблю, милая.

Мы с Мэком забираемся на борт.

— Сюда, — говорит он, жестом маня меня за собой на нос. — Но сначала сними обувь.

Развязав шнурки, я снимаю кроссовки и оставляю их в кокпите, после чего иду к Мэку.

— Ты уже бывала в плавании? Я имею в виду, не считая того, что на прошлой неделе?

— Наша семья обычно проводила отдых на яхте.

— Что за яхта?

Я пожимаю плечами.

— У нее были паруса?

— Нет, только мотор.

— Тогда не считается.
— Потому что она без парусов?
— Спасибо, капитан Очевидность, — усмехается Мэк. — Моторные яхты шумят. Они мутят воду, выплевывают выхлопные газы. Хождение под парусом — то есть настоящее плавание — это умение слушать.
— Ясно.
— Первый шаг в обучении — выяснить, многого ли ты не знаешь.
— Ну, я не знаю ничего, — признаюсь я.
Мэгги хохочет и кричит с кокпита:
— Отличный ответ!
У меня щекочет в горле, и я прыскаю со смеху.
— Второй шаг — усвоить, что океан и ветер непостижимы.
— Что это значит? — спрашиваю я.
— А вот что: даже если тебе кажется, будто ты все знаешь, всегда готовься к неожиданностям. Я хожу под парусом всю жизнь, однако чем старше становлюсь, тем больше море меня удивляет.
Мэгги кричит:
— Помягче с ней, Мэк!
— Пожалуй, это не лишено смысла, — замечаю я.
— Третье и последнее: ты не можешь изменить ветер. Ясно? Все, что ты можешь, — научиться управлять парусами.
— Но ведь можно узнать прогноз, разве нет?
— Что гласит пункт номер два?
— Готовиться к неожиданностям?
— Вот именно. Судно тонет, когда люди полагают, будто могут контролировать ветер, контролировать море. Но хождение под парусом не имеет

ничего общего с контролем. Это умение слушать, чувствовать, покоряться и приспосабливаться.

Вмешивается Мэгги:

— А еще — мокнуть и мерзнуть, отчаянно устремляясь в никуда.

Мэк знает «Морскую розу» до такой степени, словно она — продолжение его самого; так, наверное, знаешь любовника, с которым проводишь ночи пятьдесят лет подряд. На ощупь.

Я помогаю ему поднять большой парус, который он называет главным: тяну за толстую красную веревку. Когда полотнище добирается до верха мачты, Мэк словно раскрывается вместе с ним, расправляет плечи и улыбается еще шире.

— Видишь? — говорит он, указывая в сторону носа, на темное пятно на поверхности покрытого рябью моря. — Это ветер.

Я смотрю, как пятно веером распространяется по заливу, неуклонно приближаясь к нам. Мэк считает: «Четыре, три, два...» Когда он шепчет: «Один», темная рябь касается борта яхты. Сильный порыв ветра наполняет парус. «Морская роза» напрягается, затем чуть кренится и устремляется вперед.

— Прекрасно, — произносит Мэк, осматривая белый парус, раскинувшийся на фоне взъерошенного серого неба.

Я следую за Мэком в кокпит, где за штурвалом сидит Мэгги, а у ее лодыжек возлежит Коко.

Встроенный аудиокомпас рядом с тем местом, на котором она сидит, озвучивает информацию.

«Хождение под парусом — это умение слушать».

Над нами пролетает стая чаек, их тени падают на лицо Мэгги. Можно ли почувствовать тень?

— Если бы ты могла стать животным, какое бы выбрала? — спрашивает она.

— Не знаю, — честно отвечаю я.

Мэгги говорит:

— Я стала бы китом.

— Ты не умеешь петь, — хохочет Мэк.

— Умела бы, будь я китом.

— А кем была бы Коко?

— Коко собака, Мэк. Она была бы собакой.

Я смеюсь, а потом уточняю у Мэгги:

— Каким китом?

— Горбачом.

— Почему?

— Каждый год они проплывают от Кораллового моря до самой Антарктиды. Вот это путешествие!

— Я был бы альбатросом, — заявляет Мэк. — Как Робин.

Я спрашиваю у Мэгги:

— Вы знали Робин?

— Знала ли я Робин?! Я первая с ней и познакомилась!

— Значит, вы с Мэком знакомы через Робин?

Мэк усмехается:

— Можно и так сказать.

— Мы с Робин после школы решили взять год на раздумья — еще до того, как это вошло в моду, — объясняет Мэгги. — Уж во всяком случае, до того, как это вошло в моду среди женщин. Так мы, две молоденькие наивные британки, очутились на Бонди-Бич[5] и обнаружили, что девушки там не плавают — только загорают. Робин, конечно, было плевать. Она без раздумий бросилась в волны. Я следом за ней. Песок забился повсюду. Мы чуть не утонули. Этому парню, — она указывает на Мэка, — и его сестре пришлось нас вытаскивать. Он смеялся без удержу.

— Не мог поверить в свою удачу, — улыбается Мэк.

— Судя по всему, вы с Робин не скучали, — замечаю я.

— О, это точно, — подхватывает Мэгги. — Она была настоящая бунтарка.

— Что с ней случилось?

В кокпите повисает молчание.

— Простите, — говорю я, сожалея о своем вопросе.

— Ничего, — говорит Мэк, похлопывая меня по спине.

— У меня дедушка умер на прошлой неделе, — вдруг выпаливаю я.

Тишину на палубе прорезает порыв ветра. Он запутывается в парусе, как бабочка в сачке. Потянув за веревку у своих ног, Мэгги оттягивает гик. Яхта трепещет. Мы набираем скорость.

— Ох, Оли, — произносит Мэгги, — прими мои соболезнования.

Мы уже приближаемся к мысам Питтуотера; с глубины поднимаются высокие волны. «Морская

---

[5] Знаменитый сиднейский пляж.

роза» взлетает на них и снова опускается. Взлетает и опускается.

— Я и нашла тело, — добавляю я.

Мэгги похлопывает ладонью по соседнему месту, приглашая меня сесть рядом. Я ковыляю по кокпиту, протискиваюсь к предложенному сиденью. Она обнимает меня за плечи и нежно привлекает к себе. Я словно становлюсь ее частью, частью ее тела, еще одной складкой кожи. Мне тепло, мягко и уютно. Подходит Мэк и садится с другой стороны от меня. Обеими руками он обнимает нас с Мэгги. Мы втроем становимся единым целым. Взлетаем и опускаемся.

И тяжесть, та давящая тяжесть, которую я несла на себе, уходит. Потому что они держат меня, и я могу позволить себе немного расслабиться. В их объятиях меня отпускает. И я начинаю рыдать. Звуки, которые я исторгаю, кремово-голубого цвета.

— Одна женщина поведала мне интересную историю о смерти, — говорит Мэгги. — По ее словам, все мы подобны рекам. Вначале мы облака, а в один прекрасный день проливаемся дождем и превращаемся в ручеек. Ручеек становится ручьем, потом рекой. Мы преодолеваем большие расстояния, петляем по долинам и лесам. Иногда сливаемся с другими реками, продолжаем свой путь вместе, впадаем в большие озера, расходимся, течем поодиночке… Но в конце концов мы все снова встречаемся в устье и впадаем в море.

Я думаю обо всех тех годах, когда река деда текла вместе с рекой бабули. Какая это, наверное, была трагедия, когда их реки разошлись навсегда. Молочно-голубые слезы текут у меня по щекам, капают на рукав Мэка, но так приятно чувствовать себя опустошенной. Я представляю, как бабуля и дед встречаются в устье реки и сливаются в золотисто-голубом водовороте.

— Кто рассказал вам эту историю? — спрашиваю я.

— Робин, — отвечает Мэк.

Мэгги кивает.

— Однажды ночью Робин исчезла в Южном океане, — произносит Мэк.

Я чувствую, как внутри у меня екает.

— Исчезла? — переспрашиваю я. И гадаю: как тело, полное воспоминаний и желаний, может просто раствориться? Словно льдина в сумраке.

Мэк глубоко вздыхает.

— Нас на борту было всего двое. Нам было по тридцать лет, и мы путешествовали по миру. — Он делает паузу. Закрывает глаза, погружаясь в воспоминания. — Я проснулся, чтобы заступить на вахту, а ее уже не было.

— Уже не было? — шепчу я. — Не понимаю.

Мэк обнимает нас еще крепче.

— Знаю, звучит странно, но я надеюсь, что это был не несчастный случай. Предпочитаю думать, что Робин приняла сознательное решение.

— Вот как?

— Ага. Видишь ли, я знаю, точно знаю, что Робин меня любила. И я ее любил. Ей это было известно. Но у нее случались темные дни… Мне хочется верить, что она приняла обдуманное решение.

Я делаю вдох. Ведь мы сами принимаем решение сделать вдох, не так ли?

В моем воображении возникает образ Мэка, проснувшегося, чтобы заступить на вахту. Паника. Попытка разглядеть что-нибудь в монохромном пространстве. Океан, похожий на картину, навевающий острую тоску.

Я вздрагиваю.

— Вам не хотелось бы вернуться туда — чтобы попытаться остановить ее, даже спасти?

— Когда-то действительно хотелось. В течение многих лет. Но самое худшее чувство в мире — это желание вернуться в прошлое. Потому что это лишает тебя настоящего. — Мэк вытирает глаза. — У нас с Робин... еще есть будущее. В устье реки.

Мэгги берет меня за руку. Я понимаю, что меня трясет. Она обнимает меня до тех пор, пока я не успокаиваюсь.

— Жизнь — череда счастливых и несчастливых концов, Оли. Но еще и череда начал... Никогда не забывай об этом.

Морской тюльпан

Пришвартовав «Морскую розу» в яхт-клубе, мы переходим дорогу и поднимемся по холму к дому Мэка и Мэгги. На небе теснятся серые облака с ярко-розовыми краями.

— Какой красивый вечер, — говорит Мэгги в наступающих сумерках.

Я кошусь на нее.

— Не хочу показаться невежливой, но…

— Но откуда мне знать, что небо сейчас красивое?

— Я задала глупый вопрос?

— У меня синестезия, — объясняет Мэгги. — Это когда мысли, звуки, слова, числа и даже время видишь в цвете.

— Круто, да? — встревает Мэк.

— Зрение стало ухудшаться, когда мне было за сорок, а к пятидесяти я ослепла. Но до сих пор вижу цвета, которых нет в реальном мире. Вижу цветное пространство, цветные голоса.

Я думаю о своих молочно-голубых рыданиях. О бледно-желтой единице. О кроваво-оранжевых средах. О бархатисто-сиреневой Мэгги.

— Я тоже вижу все это в цвете, — признаюсь я, и Мэгги протягивает руку в направлении моего голоса. Я стискиваю ее ладонь в своих.

— Так и знала, что у нас появился особенный друг, — тихо произносит она.

Квартира Мэгги и Мэка — словно художественная галерея. У них есть все: от австралийских пейзажей, написанных аборигенами, до репродукций матиссовских танцующих, минималистических работ середины двадцатого века и современных фотографий загрязненных ледников. Песчаниковые скульптуры, пышногрудые и крутобедрые. Мэгги объясняет, что ее родители были художниками, а сама она работала куратором в Лондоне.

— И очень хорошим куратором, — добавляет Мэк.

Мэгги рассказывает, что после исчезновения Робин полетела в Новую Зеландию, чтобы забрать Мэка и увезти его с собой в Лондон.

— Она спасла меня, — вставляет Мэк.

— А потом он спас меня, — говорит Мэгги и описывает глубокую депрессию, в которую погрузилась, когда начала терять зрение. Мэк, который к тому времени жил в Австралии и строил «Морскую розу», приехал за Мэгги в Лондон и в конце концов увез ее сюда, чтобы жить вместе. Каждый из них по-своему вывел другого через горе и тьму обратно к свету и цвету.

Пока мы с Мэгги пьем чай в гостиной, Мэк готовит пасту. Комнату наполняет запах жареного чеснока. На полках за спиной у Мэгги столько книг, сколько я ни разу не видела в частном доме. Над стеллажами с потолка свисают лианы. В этой библиотеке — слова и цветы. На всех подоконниках — стеклянные банки с суккулентами; их корни в воде похожи на щупальца.

Мэгги говорит:

— Мэк упоминал, что ты художница.

Я смеюсь:

— Типа того. То есть мне нравилось рисовать в школе. Когда-то я мечтала учиться изобразительному искусству, но уже давным-давно не брала в руки кисть.

— Знаешь, как получается художник, — спрашивает она, — или произведение искусства?

Я пожимаю плечами, но тут же соображаю, что Мэгги этого не видит.

— Не совсем.

— Художник — это человек, который умеет смотреть на мир под другим углом, — объясняет Мэгги. — Поэтому я думаю, что произведение искусства — объект столь же сложный и многомерный, как сама реальность. — Она снимает солнечные очки. Глаза у нее молочно-голубого цвета. — Оли, скажи мне: какая из этих работ нравится тебе больше всего?

Я оглядываю гостиную. Взор останавливается на репродукции работы Ива Кляйна в рамке.

— Синий монохром, — отвечаю я.

— Почему?

— Потому что... Не знаю. Потому что это все и ничего.

Мэгги смеется.

— Это и моя любимая работа.

— И почему же?

— Как ты и сказала: это все и ничего. Потому что, каким бы ярким, энергичным и осязаемым ни был синий цвет, это всегда «отсутствие» — нечто неизвестное, нечто за пределами сознания.

— Вот именно! — восклицаю я.

Мэк кричит из кухни:

— Я рад, Оли, что ты уяснила, о чем она толкует, потому что лично я ни в зуб ногой.

Мэгги усмехается и качает головой:

— Знаешь, по-моему, слепота немного похожа на монохромное изображение — отсутствием деталей. Люди этого боятся. Боятся ослепнуть. Но если давно лишился зрения, как я, то в конце концов начинаешь осознавать, что все равно видишь, просто по-другому. В этом смысле слепота — тоже искусство.

— Вы смотрите на мир под другим углом.

Мэк высовывается из кухни:

— Единственное, что я вижу, когда смотрю на эту штуку, — океан.

— Никогда не видела такого синего океана, — признаюсь я.

— Значит, ты не была на Коралловом море, — улыбается Мэгги.

Я качаю головой и спрашиваю:

— Где это?

— В Квинсленде. Мэк каждую зиму ходит туда на «Морской розе». Мы участвуем в парусных неделях на островах Хэмилтон и Магнетик. Хотя, если честно, сама гонка нас не интересует; мы всегда приходим последними.

— В этом году все будет по-другому! — перебивает ее Мэк.

— Он каждый раз так говорит. На самом деле мы просто идем по курсу, потому что мы старые, да и вообще, куда нам спешить?

Я разглядываю монохромную репродукцию Кляйна и представляю, как ныряю в эту синеву. Плещусь в ней.

— Я бы тоже хотела как-нибудь принять участие в регате.

— Почему бы тебе не пойти с нами? — предлагает Мэгги.

Я было открываю рот, но осекаюсь.

— Когда вы отплываете? — спрашиваю я.

— В конце следующей недели.

— И долго туда добираться?

— Можно уложиться в неделю, но с нашими темпами понадобится, скорее, недели три.

— У меня через две недели начинается стажировка.

Мэгги хмурится:

— Я считала, ты намерена от нее отказаться.

В гостиную входит Мэк с двумя тарелками пасты, которые вручает каждой из нас.

— Я сказал, что она подумывает отказаться.

— Что ж, — говорит Мэгги, — предложение остается в силе.

— Буду иметь в виду, — обещаю я.

— Надеюсь. Зимой Коралловое море выглядит просто волшебно.

Морской мак

В пятницу днем я прихожу к Адаму в свободных брюках и мешковатом джемпере. У меня месячные, ноет грудь, поэтому на мне удобный спортивный бюстгальтер.

Над гаванью садится солнце. Вода покрыта оранжевой рябью. Адам сидит на балконе, перед ним на столе открытая банка пива. Увидев меня, входящую на балкон через боковую дверь, он сообщает:

— Все парни идут в паб.

— Я думала, мы просто побездельничаем, кино посмотрим.

— Ну, это было до того, как я узнал, что ребята собираются в паб.

— Я действительно устала.

— Лив, все мои друзья идут.

Мне хочется сказать: «У меня только что умер дедушка. Неделя выдалась ужасная. Я безумно вымотана». Но я молчу, потому что Адам встает, подходит ко мне и целует. Целует. Целует. А потом спрашивает:

— Ты так в этом и пойдешь?

Я вхожу в паб следом за Адамом. Пахнет пропитанными пивом картонными подставками для бокалов и затоптанным ковролином. Адам заказывает мне бокал вина, хотя я говорю, что мне не хочется, и мы идем со своими напитками к столу, за которым сидят пятеро парней в костюмах. Джейк, новичок в компании, с которой я встречалась по меньшей мере раза три, представляется мне.

— Приятно познакомиться, — говорит он.

— Ага, — роняю я, когда Адам отодвигает для меня стул. Я сажусь рядом с Адамом, делаю глоток вина.

Подает голос Генри, единственный в компании, кто не пьет:

— Привет, Оливия. Как делишки?

И когда я признаюсь, что очень устала, разговор замирает, поэтому я принимаю бодрый вид.

— Но в остальном все нормально! Как сам?

— Отлично. Только что поступил на работу в «Дойче банк». Утомительно, но безумно забавно. Адам говорил, тебя берут на стажировку в «Лазард»? Нереально круто.

— Да, спасибо. Начинаю на следующей неделе.

— Потрясающе. — Генри поднимает свой бокал с содовой: — Твое здоровье!

Мы чокаемся. Я притворяюсь, что делаю глоток. Генри отворачивается к Джейку, и они начинают обсуждать акции, в которые Джейк только что вложился. Он страшно рискует. И готов к проигрышу. Но можно будет здорово навариться.

Через некоторое время у меня начинает болеть спина. Стулья тут ужасно неудобные.

— Тебе не нравится вино? — слегка заплетающимся языком спрашивает Адам. От него так разит виски, что глаза щиплет.

Я пожимаю плечами. И тут замечаю, что Джейк передает что-то Адаму под столом.

Это для меня не новость, но я устала. Когда проводишь слишком много времени на солнце, ужасно устаешь. И мне совсем не хочется иметь дело с нанюхавшимся Адамом, который раз за разом рассказывает мне одну и ту же набившую оскомину историю.

Я жутко вспотела. Боже, как я вспотела. Сейчас расплавлюсь. На мне этот дурацкий джемпер, который я не могу снять, потому что под ним только гребаный спортивный бюстгальтер.

Я достаю телефон и набираю сообщение: «Клянусь, если это то, о чем я думаю, я уйду».

У Адама в кармане пищит телефон. Он вынимает его.

— Ой, смотрите, мне пришла эсэмэска от Оливии! Забавно, она ведь сидит рядом.

Джейк ржет.

— Читай вслух!

Я съеживаюсь и опускаю голову. Нет, Адам не станет читать.

Станет, еще как станет.

— «Клянусь, если это то, о чем я думаю, я уйду», — декламирует Адам.

Я поднимаю взгляд, смотрю на него.

Он тоже смотрит на меня:

— Отлично, вот и проваливай.

Я вылезаю из такси под дождь. Слезы и небесная влага смешиваются на щеках. Я захожу в подъезд и вижу на двери лифта объявление: «Лифт не работает. Управляющая компания приносит извинения за доставленные неудобства».

К тому времени, как я добираюсь до своей квартиры на седьмом этаже, ноги у меня горят. Я отпираю дверь, вхожу и ложусь на пол в гостиной. Перекатившись на спину, вытираю глаза, сморкаюсь в рукав куртки. Потом поднимаю глаза к потолку и замечаю следы протечек, похожие на водоросли. Мне вспоминаются слова Мэгги: «Коралловое море зимой просто волшебно». Я представляю, как потолок превращается в воду. И проливается дождем. А потом становится ночным небом, усеянным звездами. Какой там, должно быть, простор, какая ширь в этом море коралловых цветов. Какое волшебство.

Я достаю телефон.

Мэк берет трубку после второго гудка.

— Это Оли, — говорю я. — Я передумала. Можно я все-таки пойду с вами в Коралловое море?

— По-другому и быть не могло.

Морской одуванчик

Я сижу на балконе и потягиваю из керамической кружки зеленый чай. Раздается стук в дверь. Я прихлебываю медленно, но чай все еще обжигающе горячий. Я морщусь. Глотаю. Чай ошпаривает мне горло. В груди горит.

Снова слышится стук в дверь.

— Лив! — доносится из-за двери голос Адама.

Я встаю; у меня дрожат ноги. Я осторожно, бесшумно крадусь по квартире, все еще не уверенная, стоит ли открывать. Адам два дня не давал о себе знать, но сейчас вечер воскресенья, загул окончен; все его друзья разошлись по домам, и он наконец соскучился по мне. Эта мысль мне знакома и все же ошеломляет. Словно опускаешь взгляд и впервые видишь рану: то мгновение, когда разум начинает осознавать тело и ты внезапно ощущаешь боль.

Погруженная в эти размышления, я рассеянно ставлю кружку на стол, но она оказывается слишком близко к краю, падает и разбивается.

— Лив! — кричит Адам. — Я знаю, что ты там!

Я хватаю кухонное полотенце, чтобы вытереть пол.

— Пожалуйста! — умоляет он. — Просто открой дверь.

Я выкидываю осколки разбитой кружки в мусорное ведро и подхожу к двери. Смотрю в глазок и вижу, что веки у Адама опухли, лицо красное. Его голубые глаза из-за темных кругов, залегших под ними, кажутся еще ярче и горят, будто два огонька.

Я выхожу к нему на лестничную клетку и закрываю за собой дверь.

Адам притягивает меня к себе и целует. От него разит перегаром. Нос у меня после долгих рыданий заложен, но я все равно ощущаю исходящий от его одежды запах табака. И отталкиваю его лицо.

— Отстань.

— Лив… — шепчет Адам, обиженно отстраняясь. Он берет мою руку и нежно сжимает ее. Вздыхает. У него воняет изо рта. Мне необходим свежий воздух.

— Пошли, — говорю я, — прогуляемся.

Я начинаю спускаться по лестнице, но Адам не следует за мной. Я останавливаюсь на нижней площадке, оборачиваюсь и смотрю на него снизу вверх.

— А нельзя остаться тут?

— Нет, — возражаю я непреклонным тоном, который едва мне знаком.

— Ты даже не обута.

— Неважно, — бросаю я и продолжаю спускаться по ступеням.

Адам устремляется следом и нагоняет меня внизу, у двери, но я выхожу на улицу, не дожидаясь его.

Я спускаюсь с холма в центр города, Адам бредет на полшага позади. Мы всю дорогу молчим; дойдя до пляжа, я погружаю ноги в холодный песок, сажусь и обхватываю себя руками. Держу себя в руках.

Адам садится рядом.

— Честно говоря, я не думал, что ты так расстроишься.

— Я не расстроена, — роняю я.

— Ладно, прекрасно, а в чем же тогда дело? — Адам касается рукой моего плеча, и я отшатываюсь. На сей раз его изумление перерастает в гнев. — Знаешь, ты так же неправа, как и я!

— Что?!

— Ты опозорила меня перед друзьями.

Мне хочется возразить: «Адам, это ты меня унизил», но я не могу заставить себя заговорить. Открываю рот, но язык точно прилипает к гортани.

Унижение всегда лишает человека голоса.

— Понять не могу, чего ты так взбеленилась из-за капелюшечки кокса.

— Я была не в настроении.

— И что, мне нельзя повеселиться, когда ты не в настроении?

Ненавижу, когда Адам там говорит: можно подумать, настроение — это нечто не заслуживающее внимания.

— Просто мне кажется, что ты мог бы проявить чуть больше сочувствия.

— Считаешь меня бесчувственным?

Когда Адам произносит это, я моргаю, и по щекам начинают течь слезы.

— Мне тоже сейчас расплакаться?

— Да пошел ты.

Он только смеется, обнимает меня за талию и притягивает к себе.

— Да брось... Это же мы, Лив. Мы ссоримся. Потом миримся. Опять ссоримся. И опять миримся.

— А может, мне такие «мы» не по душе, — говорю я.

Адам ослабляет объятие. Я чувствую, что он пристально смотрит на меня. Меня пробирает озноб.

— И что это должно означать? — спрашивает он.

Я пожимаю плечами. Теперь я уже всхлипываю.

— Слушай, если не хочешь быть со мной, — сухо произносит Адам, — просто скажи.

Я едва слышно лепечу:

— Я не хочу быть с тобой.

— Что?

— Я сказала, что больше не хочу быть с тобой.

В этот момент какая-то компания неподалеку разражается ликующими возгласами. Я поднимаю глаза и вижу мужчину, опустившегося на одно колено у кромки воды, и смеющуюся женщину, которая стоит по щиколотку в воде.

Адам тоже их видит. Он снова поворачивается ко мне и замечает:

— Какая, мать твою, ирония, да?

Я ничего не отвечаю. Просто закрываю лицо руками и зажмуриваюсь. Песок рядом со мной шуршит. Когда я наконец открываю глаза, Адама уже нет.

Вернувшись домой, я набираю на домофоне у входной двери код и поднимаюсь по лестнице. Подойдя к квартире, соображаю, что ушла без ключей. Стучусь к Энни, мне открывает Уилл. Бросив на меня один-единственный взгляд, он восклицает:

— Черт! Все хорошо?
— Мне нужен запасной ключ.

Уилл выносит мне ключ и снова спрашивает:

— Уверена, что все нормально?
— Кажется, я только что порвала с Адамом.
— Ой. Типа, насовсем?

Я киваю.

— Хочешь, зайду к тебе?
— Нет, — отвечаю я. — Все в порядке. Мне просто нужно побыть одной.

Уилл обнимает меня и говорит:

— Ну, я рядом, если тебе что-нибудь понадобится.
— Спасибо, — говорю я и ухожу к себе.

Когда я закрываю дверь, меня окутывает гробовое безмолвие. Я чувствую себя обнаженной. Словно цветок одуванчика после порыва ветра. Поэтому я укрываюсь несколькими слоями одежды и одеял, создавая себе защитную оболочку. Но все бесполезно. Меня не покидает ощущение невероятной уязвимости.

В конце концов я засыпаю.

Морская орхидея

В ночь перед отплытием я остаюсь у Мэгги и Мэка и помогаю им стряпать. Мы готовим еду на первую неделю нашего путешествия.

— А потом, — говорит Мэк, — начнем колдовать с непортящимися продуктами.

К полуночи кухонные столешницы заставлены пластиковыми контейнерами с вегетарианскими запеканками, карри из баклажанов, острым тыквенным супом.

Мэк ставит в холодильник последний контейнер, после чего осведомляется, предупредила ли я о своем отъезде родителей.

— Утром отправила им электронное письмо с сообщением об отказе от стажировки.

— Как полагаешь, что они скажут?

— Кто знает? Папа уже притворяется, будто меня не существует.

Мэгги, стоящая рядом, крепко обнимает меня.

— А вот и нет, — говорит она. — Я тебя чувствую. Ты определенно существуешь.

Когда я просыпаюсь на диване, комнату заливают желтые, как яичный желток, солнечные лучи. Из своей спальни выходит Мэгги в сопровождении

Коко. Солнечный свет падает на седые волосы Мэгги, и они сверкают, точно розовое золото.

Одетая в ночную рубашку, она медленно перемещается в желтом свете, будто плывет под водой.

Потом останавливается перед книжными полками. Коко садится у ног хозяйки и ждет.

— Оли, — говорит Мэгги, — нужно выбрать, какие книги с собой взять.

— Само собой, — соглашаюсь я, поднимаясь с дивана. Из своей комнаты, протирая сонные глаза, появляется Мэк. Я тем временем изучаю полки. Здесь есть книги по истории и философии, приключенческие романы и куча художественных каталогов, прямо как в музейном книжном магазине.

— Впечатляющее собрание, — замечаю я.

— Спасибо. До того, как я сюда приехала, в этом доме не было ни одной книги, — смеется Мэгги. — Клянусь, Мэк в жизни не прочел ни строчки.

— Я человек простой.

— Теперь он читает мне.

— Она открыла мне глаза, — заявляет Мэк, ласковый, как утреннее солнышко.

— Не могла бы ты отыскать «Потерянный путеводитель по Луне» Мины Лой и «Избранные стихотворения» Х. Д.? — просит Мэгги. — Поэзия на верхней полке.

Я показываю нужные томики, и Мэк снимает их с полки.

— А еще «Справочник-путеводитель по блужданиям» Ребекки Солнит.

Нахожу эту книгу на полке. Она такая потрепанная, что голубые горы на обложке сделались полупрозрачными и водянистыми, как небо. Я открываю том. На титульном листе пятна от кофе.

Мэгги говорит:

— Моя самая любимая книжка. Полагаю, по прочтении ты со мной согласишься. В ней есть отличное эссе об Иве Кляйне. Я бы хотела, чтобы ты мне его прочитала.

Я кладу «Справочник-путеводитель» к поэтическим сборникам, а потом Мэгги предлагает мне выбрать несколько книг для себя. Я нахожу «Остров-дом» Тима Уинтона и «Волны» Вирджинии Вулф, после чего сообщаю Мэгги о своем выборе и признаюсь, что не читала ни одно, ни другое.

— У них красивые обложки, — объясняю я.

— Опиши, — велит Мэгги, и я описываю:

— У «Острова-дома» на обложке пляж, снятый с высоты птичьего полета. Песчаный берег сливается с океаном. По берегу гуляет крошечный человечек с крошечной собачкой. Это могли бы быть вы с Коко! На обложке «Волн» фотография моря, видимо сделанная с пляжа. Оно все серебристо-голубое. Солнца не видно, но кое-где на волнах можно заметить его отблески.

— Красиво, — говорит Мэгги. — Мэк, что возьмешь ты?

— Одну из своих любимых, — отвечает он, доставая с полки роман.

— Держу пари, что это «Потерять и найти», — шепчет мне Мэгги.

— «Потерять и найти» Брук Дэвис, — говорит Мэк. — Про девочку, которая отправляется в путешествие с парочкой старперов. Они чокнутые!

— Как про нас написано! — смеется Мэгги.

Лавируя, мы минуем мысы на выходе из бухты и берем курс на север. Море напоминает гофрированное железо. Мэгги, стоящая у штурвала, ведет нас вдоль побережья. «Хождение под парусом — это умение слушать».

На палубу выходит Мэк с двумя бутылочками лака для ногтей. Зовет меня.

— Бакборт, — говорит он и поднимает красную бутылочку. — Штирборт, — машет зеленой бутылочкой. — Это поможет тебе запомнить.

— Почему бы вам не говорить просто: иди на левый борт, иди на правый борт, тогда мне не придется ничего запоминать, — предлагаю я.

— Потому что ты теперь матрос, вот и начинай говорить как матрос.

— У моряков свой язык, — вставляет Мэгги.

— Она права, — говорит Мэк. — Загляни в любой яхт-клуб, и, если ты владеешь этим языком, уже неважно, кто ты и как выглядишь: ты никогда не почувствуешь себя лишней.

— Хорошо, — говорю я, устраиваясь в кокпите.

Мэк передает мне бутылочки.

— Красный — для левой ноги. Зеленый — для правой.

Я начинаю красить ногти на ногах. Мне и на суше-то эта задача кажется довольно трудной, а здесь, на борту штурмующей волны яхты, при сильной качке, лак попадает не столько на ногти, сколько на сами пальцы.

— Сказали бы до отплытия, — ворчу я.

— Но ведь так веселее, разве нет? — смеется Мэк.

Для первого обеда в море мы варим рис, чтобы подать его с карри из баклажанов. Потом усаживаемся в кокпите и едим из мисок, пристроенных на коленях. Мэк встает у штурвала, чтобы Мэгги могла поесть.

— Я чертовски хороший слепой моряк, — замечает она, — но даже мне не под силу одновременно есть и рулить.

Я уже доедаю карри, когда на носу что-то случается. Передний парус разбалтывается и начинает дико хлопать, будто обезумевшая птица. Мэк вскакивает и спешит туда. Потом зовет меня:

— Оли, поможешь?

Я помогаю ему скрутить парус. Мы вытягиваем какую-то веревку, которая волочилась по воде. Мэк осматривает конец.

— Черт возьми, — хмурится он, — кажется, мы потеряли карабин.

— Извините, — бормочу я, понимая, что развязался мой узел.

— Не беспокойся, я был обязан все перепроверить.

Мэгги кричит:

— Если не умеешь вязать узлы, вяжи как можно больше!

— Нет, — говорит Мэк. — Если не умеешь вязать узлы, сиди в кокпите и тренируйся, пока не научишься.

Он прикрепляет передний парус, уводит меня в кокпит и вручает моток веревки. Сначала демонстрирует, как сделать простой полуштык.

— Сотню, пожалуйста. — Затем показывает «восьмерку». — Таких тоже сотню.

— Что это? Курс молодого бойца?

— Дело это серьезное, девочка. Когда в море что-то идет не так, ситуация ухудшается очень быстро. Ты просто обязана научиться правильно вязать узлы.

И я учусь: в течение следующих двух часов сижу сиднем, завязывая и развязывая узлы, пока ладони не покрываются волдырями.

— Покажи полуштык, — требует Мэк.

Я показываю.

— Хорошо. А «восьмерку»?

Показываю.

Он ухмыляется.

— Отличная работа, девочка.

И хотя кожу саднит, кончики пальцев у меня дрожат от гордости.

Мэк забирает у меня веревку и кладет ее обратно в мешок, который достал из-под своего сиденья в кокпите.

— А теперь? — спрашиваю я, и Мэгги с Мэком смеются. — Что смешного?

— В море, — говорит Мэгги, — часы идут с другой скоростью.

— Тут очень много свободного времени, — добавляет Мэк.

— Так что будем делать?

Мэгги улыбается.

— Со временем учишься изобретать занятия.

Мэгги возвращается к штурвалу, а Мэк уносит наши тарелки под палубу. Он возвращается с судовым журналом.

Мы придумываем игру, в которой очки даются за разные достижения на борту. Правила Мэк записывает на последней странице журнала. Начинаем с морской живности: тот, кто увидит акулу, получает тридцать очков, кита — пятнадцать очков. Сорок очков принесет самая высокая скорость за день. Очки полагаются и за покрытие определенных расстояний во время вахты на руле: десять очков за сто миль, пятьдесят — за пятьсот, сто очков — за тысячу.

— Как я наберу очки, если не буду стоять у штурвала? — возмущаюсь я. — Ведь это означает, что я смогу зарабатывать только на животных.

— Скоро мы допустим тебя к штурвалу, — обещает Мэк. У него за спиной садится солнце, заливая далекие горы расплавленным светом. — Но сейчас мы станем на якорь.

Мэк занимает место у штурвала и ведет нас в гавань Ньюкасла, где мы находим место у причала.

— Когда наловчишься, сможем идти всю ночь. Мы с тобой будем по очереди заступать на четырехчасовые вахты.

— А когда я наловчусь?
— Когда я смогу заснуть.
— В смысле?
— Оли, тому, кто стоит на вахте, ты вручаешь свою жизнь. И если хочешь поспать, тебе необходимо совершенно доверять ему.

После того, как мы бросаем якорь, Мэгги, стоя на корме, посылает воздушный поцелуй.

— Кому он предназначен? — интересуюсь я.

— Коко, — отвечает она с ласковой улыбкой. — Я просто желаю ей спокойной ночи.

Я тоже посылаю воздушный поцелуй Коко, которая сейчас, наверное, укладывается спать в собачьей гостинице, куда мы устроили ее сегодня утром. Затем я спускаюсь под палубу, в трюм, чтобы сварить на ужин рис. Мэгги и Мэк остаются наверху: убирают паруса и сворачивают канаты в бухты.

На камбузе я включаю плитку, как показывал Мэк, и набираю в кастрюлю воды. Пока плитка разогревается, я подхожу к своей сумке и достаю мобильник. Мэк объяснил, что после отплытия бо́льшую часть времени связь будет никудышной, поэтому я убрала телефон подальше. Теперь же, включив его, я получаю уведомление о голосовом сообщении. И сразу узнаю номер Адама.

В трюм через люк спускаются Мэк и Мэгги.

— Все хорошо, Оли? — спрашивает Мэк. — Выглядишь так, словно привидение увидела.

— Нормально, — отвечаю я, овладев собой, после чего говорю им, что поднимусь наверх прослушать сообщение.

Поверхность залива усыпана блестками городских огней. Небо по краям озарено светом промышленной зоны. Я иду на нос яхты и сажусь на свернутый парус, скрестив ноги.

Дрожащими руками набираю номер голосовой почты и подношу мобильник к уху.

«Лив, это я, — звучит надтреснутый голос Адама. — Я размышлял о случившемся. Собственно, я ни о чем другом и думать не могу. Ты занимаешь все мои мысли. — Голос у него снова срывается, и он начинает всхлипывать. — Твою же мать. — Он кашляет, прочищая горло. — Я хочу тебя вернуть. Мне безумно плохо. Я ужасно сожалею, понимаешь? Я стану лучше. Сделаю все, что захочешь. — Адам замолкает, на заднем плане слышится звук, который я не могу распознать. — Я люблю тебя, понимаешь? Люблю».

Я дважды прослушиваю сообщение, затем из люка высовывает голову Мэк и окликает меня.

— Все нормально, девочка?
— Да, — говорю я, утирая слезы в тени мачты.
— Ужин готов.
— Иду!

Я спускаюсь в трюм и занимаю свое место за столом. Если Мэк и заметил, что я плакала, он не поднимает опасную тему, а вместо этого предлагает нам после ужина немного почитать.

Я говорю:
— Было бы здорово, но я устала.
— Ты уверена, что все хорошо, Оли? — осведомляется Мэгги.
— Да. Честное слово.
— Потому что с нами можно говорить о чем угодно. На борту секретов нет.

Я помогаю убрать посуду, после чего, извинившись, отправляюсь спать. У меня отдельная каюта под кокпитом. Потолок очень низкий, зато через иллюминатор видна луна.

Забираюсь в постель. «Морская роза» мягко, словно колыбелька, покачивается на волнах. Я снова и снова прокручиваю в голове голосовое сообщение. Вспоминаю, как Адам впервые сказал мне: «Я тебя люблю». Он тогда очень напился. Я была поражена. Адам произнес эти слова в присутствии Генри, после чего встал и направился в бар, а я посмотрела на Генри и спросила: «Ты слышал?» Просто чтобы убедиться, что мне не почудилось. Генри улыбнулся и кивнул. Мне не почудилось. Адам любит меня. Этот крутой парень, который всегда и всюду задает тон. Он любит меня.

Я ощутила себя неуязвимой и одновременно очень хрупкой.

Потом я вспоминаю, как впервые увидела Адама. Я вошла в аудиторию Сиднейского университета, прижимая к груди учебники; передо мной расстилалось море повернувшихся ко мне лиц. Помню ощущение, что все, кроме меня, уже знакомы друг с другом. Подобное чувство одиночества способна внушить лишь толпа чужих людей. И вдруг гул болтовни прорезал голос Адама: «Эй, садись ко мне».

Я помню его гостеприимный, приглашающий жест. И после этого все остальное, казалось, произошло само собой. Адам легко и непринужденно ввел меня в свой мир. Благодаря ему новый город сразу очаровал меня, ведь у Адама были друзья и родственники, которые сразу приняли меня в свою жизнь со всеми ее вечеринками и праздниками. Он подарил мне цветы на месяц нашего знакомства и кучу подарков на мой день рождения. У Адама бывали тихие, спокойные минуты, когда он говорил прекрасные вещи, которые слышала только я.

Но я попросту ностальгирую. Отсеиваю неприятные моменты.

Потому что во время нашей второй ночевки в море, когда мы бросаем якорь у острова Бротон, приходит еще одно голосовое сообщение: Адам говорит мне, что я шлюха и приняла худшее решение в своей жизни. Он орет в трубку, что я пожалею об этом, потому что без него я ничто. Что все мои друзья — это его друзья, и теперь они не захотят иметь со мной ничего общего. И он, конечно, прав.

Вот только, когда я выключаю телефон и вся в слезах возвращаюсь в кокпит, Мэк ласково обнимает меня и усаживает между собой и Мэгги. Они обхватывают меня руками, точно годичные кольца дерева, в несколько слоев. И я больше не испытываю ощущения беззащитности. Поскольку их любовь не делает меня слабой: я чувствую себя неуязвимой.

Морская плюмерия

Утром меня будит мужской голос, громко разговаривающий по телефону прямо над моей каютой. Я не слышу ни Мэгги, ни Мэка, поэтому натягиваю джемпер и леггинсы и поднимаюсь на палубу выяснить, в чем дело. Но, когда заглядываю в кокпит, там никого нет. Однако я по-прежнему слышу громкую болтовню.

Тут я наконец замечаю говорящего: он стоит на палубе яхты на противоположной стороне залива. Вокруг настолько тихо, что его голос разносится над водой и слышен так отчетливо, будто человек в двух шагах от меня.

Из люка вылезает Мэк в одних шортах. Он проходит мимо меня на нос, забирается на леер. Встает во весь рост. И ныряет вниз, в последний миг оттолкнувшись от поручня. Его тело изгибается в идеальном прыжке и входит в воду практически без всплеска. Когда Мэк выныривает, губы его растягиваются в широчайшей улыбке.

— Ах, — восклицает он, плывя на спине, — это и значит жить!

За завтраком Мэгги просит меня прочесть ей стихотворение Х. Д.

Я читаю «Восход луны», заканчивающийся строчками:

> *Она огромна,*
> *мы измеряем ее соснами.*

— Мне нравится строчка «У нас есть песня», — улыбается Мэгги. — Женщины — это все возможные виды неслышимых песен.

Мэк протягивает мне чашку с апельсиновым соком. Я делаю глоток, а Мэгги рассказывает о первой выставке женщин-художниц, куратором которой она была в Лондоне:

— Одна из первых экспозиций подобного рода, которые увидели лондонцы. Посетителей почти не было. Но меня это не волновало. Я никогда еще так не гордилась своей работой.

— Но если вы гордились, вам, разумеется, хотелось, чтобы люди ее увидели?

— Ты права, — соглашается Мэгги. — Но куда важнее, что я сама увидела этих женщин. А они увидели друг друга. Потому что даже мы, женщины, не всегда видим друг друга.

— Вы продолжали устраивать выставки женщин-художниц?

— Конечно.

— Пускай даже на них никто не ходил?

— Те первые выставки поставили вопрос: мы — женщины-художники? Или же просто художники, которые декларируют себя, не требуя снисхождения?

— Разве имеет значение, как мы себя называем? — спрашиваю я.

— А как же? Мы создаем наши миры с помощью слов.

Мэк выходит на палубу с удочкой.

— Думаю, нужно добавить новый пункт: двадцать очков за ловлю рыбы, — говорит он.

— Я думала, вы вегетарианцы, — замечаю я.

— Мы едим рыбу, если сами ее ловим, — объясняет Мэгги.

— Кроме лосося, — добавляет Мэк.

Я скрещиваю руки на груди.

— Почему кроме лосося?

— Они моногамны. Я это уважаю.

Мэгги смеется:

— Я бы полакомилась лососем.

— Ну да, ты же у нас бессердечная, верно?

Мэгги посылает ему воздушный поцелуй.

— Вы верите в родство душ? — спрашиваю я.

Мэк кивает.

Мэгги качает головой.

— Я верю, что можно встретить кого-то и ощутить, что вернулся домой. Но для меня любовь всегда стояла во множественном числе.

— Как это?

— А так, что я любила многих и была любима многими.

Я думаю об Адаме, о том, как хорошее смешивается с плохим, боль — с наслаждением. О голубом равновесии. И замечаю:

— Мне бы очень хотелось никогда больше не влюбляться.

Мэгги хмыкает, а потом спрашивает:

— Расскажешь?

— Просто мне кажется... — И я замолкаю. Как рассказать о горе, которое так причудливо переплетается с облегчением? — Не знаю... Например, порой я чувствую себя прекрасно, а в следующую минуту — совершенно опустошенной.

Мэгги спрашивает:

— Ты долго была с этим человеком?

— Четыре года.

— Выходит, это огромная часть твоей жизни. Особенно в твоем возрасте.

Я пытаюсь отыскать в памяти сиднейские воспоминания, не связанные с Адамом. Но он вездесущ.

— Моя первая любовь вымотала мне всю душу, — признается Мэгги. — Боже, как давно это было! Но я точно помню, чтó чувствовала. — Она глубоко вздыхает. — Такое ощущение, будто он отрезáл от меня по кусочку, так медленно, что я даже не осознавала этого.

Взгляд у меня стекленеет, и горизонт размывается.

— И только гораздо позже, — продолжает Мэгги, — я поняла, что моя первая любовь вовсе не была любовью.

«Но я действительно любила Адама», — думаю я.

— Оли, ты когда-нибудь видела, как после пожара снова вырастает лес? Листочки лезут отовсюду, даже из стволов.

— Ага, — говорю я, не понимая, к чему она клонит.

— Так вот, по-моему, любовь должна быть именно такой.

Секунду спустя раздается звенящий звук натянутой лески, потом она ослабевает и резко уходит в глубину.

— Ой, ой! — кричу я. — Удочка! Мы поймали рыбу!

Мэк сматывает леску и затаскивает рыбину в кокпит. Она серебристая с голубыми полосками, переливающаяся на солнце.

Мэк велит мне держать ее покрепче. Я наклоняюсь и кладу конец неистовому трепыханию, а Мэк тем временем лезет под свое сиденье и достает бутылку рома. Отвинчивает крышечку, прижимает рыбью голову рукой и поливает ей жабры ромом. Рыбина мгновенно обмякает. Мэк убирает ром на место и достает нож.

— Спасибо, — шепчет он рыбине и начинает разделывать ее.

Я отвожу взгляд.

— Оли, — замечает Мэк, — если ты не способна переварить факт убийства рыбы, ты не заслуживаешь того, чтобы ее есть.

Пришвартовавшись на ночь в Порт-Маккуори, мы ужинаем сашими из пойманной скумбрии. После этого я, с покрытыми синяками голенями и сбитыми за долгий день пальцами ног, забираюсь на свою койку и проваливаюсь в сон. В голове крутятся обрывки слов Мэгги. Что-то про свежевыловленную океанскую рыбу и про то, как часть океана становится частью тебя.

Утром, пока мы завтракаем, Мэк говорит мне:

— Пора тебе зарабатывать очки за пройденные дистанции.

Мы поднимаем якорь и выходим из бухты в открытый океан, где дует легкий бриз. В вышине плывут чешуйчатые, словно рыбья кожа, облака.

— Небо в барашках, — замечает Мэк, задрав голову. — Это большая удача для моряка: верная примета, что скоро поднимется крепкий ветер. — Он сажает меня за штурвал. — Ты ведь умеешь водить машину?

— Да, — киваю я.

— Что ж, возможно, это и без того очевидно, но яхтой управляют так же, как автомобилем. Лево слева. Право справа.

— То есть бакборт слева, а штирборт справа?

Мэк косится на усмехающуюся Мэгги, которая говорит:

— Ох, какая же она умница, правда?

— Да-да. Ну, разница в том, что шоссе неподвижно. С ним ничего не сделается. То есть ты можешь прогнозировать поведение автомобиля, потому что дорога у тебя перед глазами. Океан же всегда в движении, а значит, надо уметь читать его, когда перемещаешься по нему. Еще важнее, что океан будет разговаривать с судном, а судно — отвечать ему. Твоя задача — прислушиваться к этому разговору и направлять яхту туда, куда нужно тебе. — Мэк берет мою руку, кладет ее на штурвал и накрывает своей ладонью. — Но тебе придется уговаривать яхту, совсем чуть-чуть поворачивая штурвал… Рулить слишком решительно — все равно что орать на судно. Надо действовать уверенно, смело, но в то же время мягко. — Он отпускает меня и садится напротив, рядом с Мэгги.

Я чувствую, как «Морская роза» кренится, и моя рука, лежащая на штурвале, напрягается.

— Мягче, — советует Мэк.

Я ослабляю захват и чувствую, как яхта скользит по склону волны.

— А теперь держи крепче.

Я сжимаю штурвал, направляя яхту к следующему гребню.

— Браво! — ликует Мэгги.

— Ты познакомишься с песнями океана, — говорит Мэк. — Услышишь его переливчатые колыбельные и ревущие… Не знаю что! — смеется он. — Не могу подобрать подходящего слова.

— А если разволнуешься, просто закрой глаза, — добавляет Мэгги. — Так легче слушать.

Морской гибискус

Я медленно поднимаюсь в ночь. Палуба мокрая, черная, качка усиливается, и волны накатывают на нос. Тепло и душно. Мы приближаемся к тропикам. Я босиком, в непромокаемых штанах, майке и дождевике, из-за жары оставленном нараспашку. Волосы у меня влажные, руки липкие. И немного дрожат.

Мэк стоит у штурвала. Он хлопает по сиденью рядом с собой. Я сажусь. Он улыбается.

— Вот ты и наловчилась. — Он обнимает меня, встает и ковыляет через кокпит к люку, напоследок поворачивается, говорит: — Увидимся через четыре часа — и исчезает под палубой.

Темнота обволакивает яхту. Густая облачность скрывает луну и звезды. Свет исходит только от дисплеев навигационных приборов. Морские брызги сверкают розовыми искрами. Весь остальной мир немыслимо черен. Как в монохромной работе Ива Кляйна, небо — это все и ничто. Потому что независимо от того, насколько приближена и осязаема эта чернота, она одновременно непостижимо глубока.

И вот я сижу здесь, в странном розоватом мареве, вцепившись одной рукой в сиденье, а другой в штурвал, так что у меня белеют костяшки пальцев. Ведь теперь, когда море неотличимо от неба, я знаю: если выпущу яхту из рук, меня, как струю водопада, поглотит чернота. Бездна. Всё. И ничто.

Когда по левому борту у горизонта прорезается тонкая оранжевая полоска, в первый момент я думаю, что меня подводит зрение.

Скрежещут минуты. Пульс учащается.

Оранжевая полоска становится толще, шире, и наконец я вижу, как цвет обретает форму. Оранжевый оживает. Он мечется, изгибается, танцует в ночи.

Я прищуриваюсь, и оранжевое пятно становится четче. У меня перехватывает дыхание.

Пожар! Там пожар!

Океан в огне. Может, разлив нефти?

Руки у меня начинают трястись, сердце бешено колотится. Я проношусь по кокпиту, спускаюсь через люк к навигационной станции, включаю настольную лампу и достаю карту.

— Что там? — шепчу я. По левому борту — земля! Мы недалеко от побережья, всего в нескольких милях от берега. Сердцебиение приходит в норму: нет никакого нефтяного пятна.

Я снова поднимаюсь по трапу в кокпит и выхожу к левому борту. Всматриваясь, я уже вижу языки пламени. Горит земля.

Я вспоминаю, как сегодня днем Мэк указал на пятно серого дыма в небе: «Сейчас мы в краю тростника». Здесь, объяснил он мне, фермеры расчищают землю с помощью огня.

Я сажусь обратно за штурвал и глубоко вздыхаю. Вдали, словно мотыльки, роящиеся вокруг луны, порхают искры. Безумно красиво.

Когда небо, подобно цветам, раскрывающим лепестки, распускается и белеет, на палубу поднимается Мэк с двумя чашками чая. Разгорается заря. Горизонт прорезает солнечный луч. Мэк передает мне чай.

— Хорошо спали? — осведомляюсь я.
— Как младенец, — широко улыбается он. — Ты успешно выстояла свою первую ночную вахту. — Мэк похлопывает меня по спине. — Я горжусь тобой, девочка.

Я делаю глоток чая, чувствуя, как он согревает меня изнутри.

Темно-синяя вода под носом яхты постепенно меняет цвет. Я несколько часов благоговейно наблюдаю за метаморфозами моря, которое становится то голубым, как летний вечер, то голубым, как четверка, то голубым, как пение птиц. Оно сверкающее и яркое.

Мэк сияет.

— Коралловое море, — объявляет он. — Мы добрались.

На обед у нас консервированные спагетти и теплый хлеб. Мэгги говорит, что через пять дней в море любая пища кажется вкусной. Так и есть. Мы провели в плавании почти две недели, и я уверена, что это лучшие спагетти, которые я пробовала в жизни.

Затем я смачиваю тряпку водой из раковины и вытираю с лица соль. Оказывается, чем больше соли сотрешь, тем лучше спится.

Я ложусь на койку; еще я узнала, что в море спишь в любой момент, когда есть возможность. А иначе забываешь, как вязать узлы.

Когда ближе к вечеру я пробуждаюсь, то нахожу в своем рюкзаке пакетик банановых леденцов: взяла их с собой и забыла. Я выхожу с пакетиком на палубу, устраиваюсь в кокпите, беру в рот один леденец, после чего протягиваю пакетик Мэку.

— Что это? — спрашивает он.
— Банановые леденцы.

Мэк отшатывается:
— Выбрось их за борт.
— Что?
— Бананы в море — плохая примета.
— Они всего лишь со вкусом банана.
— Все равно.
— Вы же не всерьез!
— Неудивительно, что мы две недели шли против ветра. Ты протащила на борт бананы!
— Но там нет настоящих бананов!
— Оли, это плохая примета. Выбрось их за борт.

Вмешивается Мэгги:
— Женщина на борту — тоже плохая примета. Ты и нас выбросишь за борт?

Мэк смеется:

— Может, и стоило бы.

— Ты бы без нас пропал, — возражает Мэгги, расплываясь в лукавой улыбке.

Я потихоньку кладу в рот еще один леденец.

— Эй! Я все видел, девочка.

Закатываю глаза и выплевываю леденец за борт.

— И остальное туда же.

— Почему это плохая примета?

Мэгги объясняет:

— Другие продукты рядом с бананами портятся быстрее.

— Хорошо, — сдаюсь я, выкидывая содержимое пакетика в море.

С океана налетает порыв ветра, наполняя парус. Скорость на лаге возрастает на два узла.

— Видите? — восклицает Мэк. — Примета уже работает!

Усевшись рядом с Мэгги, я шепчу ей на ухо:

— У меня в каюте еще один пакетик.

Она смеется и шепчет в ответ:

— Оставь и мне немного.

Приближение островов напоминает пробуждение воскресным утром: медленное, похожее на картину с несколькими планами. Сначала синяя масса. Затем мазки зелени, очертания деревьев, полоска белого песка. Обретает форму бурая громада слоистого складчатого камня, превращаясь в утесную кручу.

Днем позже перед обедом мы швартуемся у острова, окаймленного коралловой бахромой.

Чтобы добраться до суши, приходится лавировать между двумя коралловыми отмелями. Мы опускаем паруса и включаем мотор. Мэк берет с навигационной станции карту и раскладывает ее в кокпите. Я стою у штурвала и выполняю его команды.

— Полегче, полегче, — говорит он. — Притормози немного.

Я дергаю назад рычаг переключения передач возле ног, поворачиваю штурвал вправо. Взгляд устремлен на дисплей эхолота, и вдруг я краем глаза замечаю по левому борту плавник.

— Дельфин! — вскрикиваю я и тут же вижу серое туловище, вильнувшее в глубину. — О боже, акула!

— Сосредоточься! — орет Мэк.

— Я только что видела акулу!

— Хочешь посадить нас на мель?!

— Извините, — бормочу я.

— Теперь обойди справа, — командует он, — вокруг того кораллового холмика.

Я провожу яхту мимо участка розоватой ряби.

— Задний ход, — велит Мэк.

Я включаю задний ход. Судно кренится и начинает пятиться. Мэк выпрыгивает из кокпита и идет на нос.

— На нейтралку! — кричит он.

Я перевожу рычаг в нейтральное положение, и Мэк бросает якорь.

— Очень хорошо! А теперь заглуши, пожалуйста, мотор!

Я выключаю мотор и прислушиваюсь. Неумолчно поют птицы. Орлан снимается со скалы и распластывается над водой.

В рубку снова влетает Мэк:

— Ну что, купаться?

— Купаться? — изумляюсь я. — Я только что видела акулу!

— Сомневаюсь, — усмехается Мэк. — Скорее всего, это был дельфин.

— Дельфины так не плавают!

Мэк, проигнорировав мои слова, вместе с Мэгги спускается в трюм. Через несколько минут они выходят в купальных костюмах.

— Идем, Оли, — зовет Мэгги.

— Ни за что.

— Ну хоть водичку попробуй, — просит Мэк.

— Хорошо. — Я ухожу в конец кокпита. Держась за бортовой леер, медленно опускаю одну ступню к морю. Но, прежде чем я успеваю дотронуться до воды, чьи-то руки толкают меня в спину. И я, полностью одетая, в шортах и майке, оказываюсь за бортом, роскошно шлепнувшись животом о воду.

Я выныриваю, кашляя и отфыркиваясь. Мэк и Мэгги на палубе покатываются со смеху. Я бросаюсь к кормовому трапу, напуганная прикосновением неведомой твари к моей ноге, но сначала приходится пропустить Мэгги, которая уже спускается в море. Она погружается в воду с видом человека, который возвращается домой и, бросив на стол ключи, облегченно выдыхает. С точно таким же вздохом облегчения Мэгги устремляется в объятия океана.

Вслед за ней прыгает в воду Мэк, обдавая брызгами нас обеих.

И теперь я тоже хохочу.

Вернувшись на палубу, мы обедаем ржаным печеньем с веджимайтом[6], на десерт у нас желе с кусочками персиков. Я кладу в рот кубик персика и вдруг замечаю прямо за кормой плавник и серое туловище, змеящееся под водой.

— Смотрите! Я же говорила! — вскрикиваю я, роняя персик себе на колени.

— О да, самая настоящая акула, — говорит Мэк, и Мэгги разражается смехом.

— Не смешно! — ору я. — Нас могли сожрать!

— Это всего лишь рифовые акулы, они тебя не съедят.

— Точно, — подхватывает Мэгги. — Разве только палец на ноге откусят.

Я бывала в устремленном в небо Пекине. В жарком и многолюдном Бангкоке. В многоэтажном Нью-Йорке. В великолепном, пышном Риме. Однако, надев маску с трубкой и нырнув под воду, я понимаю, что ни один когда-либо виденный мной мегаполис не сравнится с городом, построенным кораллами. Он невероятно запутанный. И бесконечно сложный. Среди колышущихся желтых водорослей мечутся рыбные косяки. Морское дно усеяно прекрасными

---

[6] Австралийский региональный продукт: консервированная паста для бутербродов на основе экстракта пивных дрожжей и овощей.

соцветьями, похожими на гибискусы. Скалы украшены морскими звездами. Сквозь пронизанную солнечными лучами водную толщу скользит причудливая полосатая рыба — императорский ангел. Я выравниваю давление в ушах и ныряю глубже, к тому месту, где неуклюже ворочается рыба-наполеон.

Плавание с маской напоминает прогулку по художественной галерее. На стенах из раковин и ракушек сверкают золотые искорки. На покрытых водорослями постаментах высятся коралловые статуи. Куда бы я ни посмотрела, куда бы ни повернулась, везде и всюду взгляду открываются новые произведения. Море — лучший в мире куратор выставок.

Но потом я переплываю впадину между двумя отмелями и попадаю в царство белого цвета; розовые и лиловые оттенки высосаны из кораллов, точно кровь из вен. Лишь изредка между обесцвеченными остовами мелькнет случайная рыба.

Когда я выныриваю, на поверхности воды сверкает мраморный закат. Я плыву обратно к яхте, поднимаюсь по кормовому трапу и нахожу в кокпите полотенце. Стираю с себя соль. Мэгги уже сидит там, завернувшись в полотенце, волосы ее напоминают полированное серебро.

— Ну как? — интересуется она.

Я не нахожу нужных слов.

— Красиво, не правда ли?

— Да, — отвечаю я. — Но есть один участок, где все кораллы белые и почти нет рыб. Что там случилось?

— Обесцвечивание, — объясняет Мэк, поднимаясь по кормовому трапу. — Это несчастье постигло риф в прошлом году. — Он тоже тянется за полотенцем. — Скажи спасибо глобальному потеплению. Океан постепенно нагревается и закисляется.

Я ощущаю неприятную тяжесть в животе и гадаю, сообщил ли Мэк Мэгги, что мой отец работает в нефтяной отрасли.

— Знаешь, — говорит Мэгги, — я долго оплакивала потерю зрения, но теперь почти рада, что не могу видеть риф. Это разбило бы мне сердце.

Мэк вздыхает.

— Большой Барьерный риф — это живой труп.

Мы бросаем якорь на ночь в бухте Голубая Жемчужина. За ужином Мэк сообщает мне, что здесь живет рыба-наполеон по имени Присцилла. Когда плаваешь под водой, можно услышать, как она хрустит кораллами.

— Скоро, — говорит Мэгги, — ты услышишь песню китов.

— Песня китов? — повторяю я. — Вы шутите.

Мэгги мотает головой.

— Честное слово.

— Если в радиусе десяти миль есть кит, ты можешь услышать его, если сунешь голову под воду, — подхватывает Мэк.

Я смеюсь.

— Вы меня разыгрываете.

— Подожди немного, — обещает Мэгги.

Мэк лезет в шкафчик над раковиной.

— Кто-нибудь хочет десерт?

— Что у нас? — спрашиваю я.

— Консервированное яблочное пюре, — отвечет Мэк, передавая каждой из нас по баночке.

Пока мы едим, я вспоминаю нашу утреннюю прогулку по острову Уитсандей к пляжу Уайтхейвен: клубки лиан на дорожке, синих крабов, семенящих по песку во время отлива. Я представляю себе темные пятна, усеивающие крылья ската-манты на мелководье. Тонкие травинки на песчаных дюнах, напоминающие зеленые волосы. Перекрученные ветви деревьев и оранжевые камни. А потом закрываю глаза, и перед мысленным взором возникают бирюзовые волны, омывающие белоснежную песчаную дугу.

— Сегодня был хороший день, — говорю я. — Большое вам спасибо, что привезли меня сюда.

Мэгги тянется ко мне, касается моего предплечья, ощупью спускается к моей ладони, лежащей на столе. Пожимает ее.

— Нет, — произносит она. — Это тебе спасибо.

— Тс-с, — шепчет Мэк и зовет меня из темноты: — Оли, проснись.

Я чувствую руку на своем плече. Открываю глаза.

— Извини, девочка, не хотел тебя напугать. Но ты обязательно должна пойти посмотреть на это.

— На что? — бормочу я, переворачиваясь на бок и приподнимаясь на локте.

— Увидишь.

Я встаю с койки и вслед за Мэком пересекаю каюту, забираюсь по трапу, вылезаю через люк.

Океан весь светится и мерцает. Точно пульсирующий серебряный мускул, подернутый лазурной, как крылья стрекозы, рябью и розово-золотыми переливами.

Я шепчу:

— Что это?

— Фосфоресценция.

Я иду в конец кокпита, перегибаюсь через леер и сквозь черное стекло воды разглядываю ярко освещенное морское дно. Радужная рыбья чешуя сверкает, точно драгоценные камни в подводной пещере. Коралловый город залит светом и похож на Атлантиду. Все искрится и мерцает в беспрестанном движении.

У меня возникает ощущение, что я покинула свое тело. И устремила взгляд в космическое пространство, наблюдая за рождением галактики. Затаив дыхание, я смотрю, как вселенная материализуется в извилистых кораллах.

Я созерцаю его, этот серебряно-розовый подводный мир.

Возникающий и тут же исчезающий.

Морской ирис

Вспыхивают огни. Похожие на фары. Фары грузовика, который мчится на меня, мчится за мной. Я резко пробуждаюсь. Жадно ловлю ртом воздух. Горячий воздух. Я в тропиках. Взгляд обегает каюту. Я на своей койке. На «Морской розе». Все в порядке.

Но что это за свет? Щурясь, я разглядываю ослепительно белое пятно в иллюминаторе над койкой. Может, прожектор, нацеленный прямо на нас?

Я пробираюсь через каюту, открываю дверь люка и вылезаю в кокпит. Поворачиваюсь лицом к источнику света, и у меня перехватывает дыхание. Это вовсе не свет, а только его отражение.

В жизни не видела такой яркой луны! Смотрю на кисть руки и могу разглядеть линии на ладони, папиллярные узоры на пальцах. Опускаю взгляд на палубу, залитую белым светом. На ней моя тень — четкая, резкая. Вызывающая.

А затем поднимаю глаза и медленно фокусирую взгляд. Звезды рассыпаются по небу серебристой пылью. Я спускаюсь вниз, беру с койки одеяло и подушку и снова выхожу с ними на палубу. Укладываюсь и смотрю вдаль, однако горизонта, за который можно было бы уцепиться взглядом, нет. Есть только звезды. Повсюду. Они парят в пространстве.

Плывут по морю. Тысячи звезд проливаются дождем. Точно водопад. Я ощущаю их на коже.

А еще вокруг тихо. Необычайно тихо.

Я кашляю. И слышу этот звук. Значит, уши еще работают.

Но эта тишина… Она лежит здесь, она пасется на звездном лугу. Всеохватная тишина.

Как будто надо мной «глаз бури»[7]. Радужная оболочка моря.

Когда небо светлеет, на островах просыпаются и начинают петь птицы.

Трели струятся сквозь сосны, каскадом низвергаются по утесам, падают в воду и расходятся широкими голубыми кругами. «Это древние острова, — сказала мне Мэгги прошлой ночью между чтением стихов. — Когда-то они были частью горного хребта». Теперь это клочки суши, заполненные араукариями и огромными валунами. И никаких тропических пальм, о которых я грезила. «Если поднимешь руку к глазам и закроешь ладонью воду, — сказал Мэк, — то почти поверишь, что стоишь на тропинке в горном лесу, в сотнях миль от моря.

Я сажусь в кокпите, закрываю бухту ладонью и чувствую, как годы тают один за другим. Сначала они уходят очень медленно, а потом я вдруг оказываюсь на бурой земле и бегу босиком среди сосен,

---

[7] Центр тропического циклона, где относительно ясно и тихо.

мимо теней и мраморной коры. Дети леса расправляют крылья, поют песни, которые подхватывает и разносит по долинам ветер.

Легкий ветерок касается щеки, словно сам остров обращается ко мне из глубины годичных колец, нараставших слой за слоем, столетие за столетием. Я опускаю руку и вижу, как к поверхности воды поднимается, чтобы сделать глоток воздуха, черепаха; ее голова напоминает мокрый камень. Я бросаюсь в конец кокпита, чтобы увидеть, как она снова уйдет под воду. Море необычайно прозрачное; взгляд все глубже и глубже следует за черепахой, скользящей между коралловыми кочками.

— Ты ранняя пташка, — раздается голос за спиной. Я оборачиваюсь, и Мэк протягивает мне кружку с чаем. Он косится на одеяло и подушку в кокпите. — Здесь, наверху, спала, да?

Я делаю глоток чая и киваю.

— Потрясающее зрелище, правда?

Снова киваю, потому что не нахожу ни единого звука, который мог бы описать глубокое волнение, вызванное полным отсутствием звуков.

Позднее Мэгги спускается по кормовому трапу в море. Мэк ныряет следом за ней. Я прыгаю в воду «бомбочкой». А когда выныриваю, Мэк усиленно отфыркивается.

— Вот нахалка! — кричит он, обрызгивая меня. Я смеюсь и снова ныряю. Зажав нос, чтобы не выдыхать, я зависаю под водой и слушаю, как потрескивает риф. Звуки хрустящих челюстей и лопающихся пузырьков возникают перед мысленным взором в виде желтых и розовых вспышек.

Я выныриваю на поверхность, делаю глубокий вдох. Утренний воздух пахнет солью и темным деревом.

Мэгги поднимается по кормовому трапу обратно на яхту. Мэк спрашивает, не желаю ли я доплыть до берега.

— Конечно! — кричу я и устремляюсь в сторону пляжа. Во время заплыва я открываю под водой глаза. Кораллы на дне сливаются, будто пятна краски на палитре.

Каждый раз, когда я выныриваю, чтобы сделать вдох, очертания араукарий становятся все отчетливее, их рослые стволы — все выше, и вот наконец я стою на мелководье и, задрав голову, гляжу на вздымающиеся надо мной деревья. Лесистые участки расположены один над другим, как будто склон горы — амфитеатр для зеленого хора, исполняющего все возможные виды неслышимых песен.

Я выхожу из воды на вековые напластования раскрошенных ракушек. Линия прилива отмечена обломками окостеневших кораллов. Мои следы петляют между следами крабов, доходя до первой сосны у кромки леса. Я протягиваю руку, чтобы коснуться коры, и на мгновение представляю, что чувствую вибрации ее песни.

*Она огромна,
мы измеряем ее соснами.*

Когда я возвращаюсь на борт, Мэк указывает на верхушку мачты:

— Главный фал перепутался со спинакер-фалом. Как у тебя с боязнью высоты?

— Ну так, — говорю я, — терпимо.

— Отлично, — подмигивает Мэк. — Давай-ка тебя снарядим.

— Подождите… Что?!

Но Мэк меня не слышит. Он уже спускается в люк, а через минуту возвращается с альпинистской обвязкой. На мне верх от бикини и шорты. Мэк велит надеть футболку, чтобы ремни безопасности не натерли живот.

Я хватаю футболку, поднимаюсь на палубу и, не успев оглянуться, оказываюсь в обвязке, которую поднимают на мачту.

— Какой высоты мачта? — кричу я.

— Не имеет значения! — орет в ответ Мэк.

С кокпита подает голос Мэгги:

— Ты почти на месте!

— Вам-то откуда знать? — кричу я в ответ, и она смеется.

Когда я добираюсь до вершины мачты, ладони у меня липкие от пота. Мэк орет что-то насчет красной веревки, которую надо пропустить под синей. Я пытаюсь распутать красную и синюю веревки, но руки трясутся, и я не могу как следует ухватиться за них.

— Справилась? — кричит Мэк.

— Погодите минуту!

— Не торопись.

Я смотрю вниз на Мэка и Мэгги: с такой высоты их фигуры кажутся игрушечными. Я глубоко вдыхаю, выпускаю из рук веревки и отстраняюсь от них, качаясь в обвязке. Отпускаю мачту и просто болтаюсь на стропах, улыбаясь, как улыбаются, когда смотрят на семейное фото, которое пришлось переснимать, потому что все хохотали.

Нервы начинают успокаиваться. И вскоре я распутываю веревки, испытывая небывалый душевный подъем оттого, что решила эту проблему ради Мэка и Мэгги. Как будто я часть этой яхты. Этой команды. Этой семьи.

Солнце уже садится, когда Мэгги предлагает перед ужином еще раз поплавать.

— Что ж, я уже в купальнике, — отвечаю я.

И ныряю с носа в воду, теплую, как в ванне. Мне на память приходит дедова история о солнце, проводящем ночи под водой. Глубоко в душе я ощущаю щемящую тоску и сердечную боль, вспоминая, как нравилась мне эта история и как при жизни бабули дед был совсем другим. Мне нравится думать, что сейчас они вместе, текут глубокой подземной рекой. Я улыбаюсь и плыву к корме, где Мэгги уже спускается по трапу в воду. Она ныряет, а через мгновение выныривает, разинув рот.

— Оли, Оли! Песня кита! — кричит она, и снова уходит под воду.

Я выдыхаю, закрываю глаза и погружаюсь в море. Несколько секунд я просто плаваю, а потом слышу ее.

Слышу песню китов в завихрениях фиолетового и берлинской лазури.

И так же, как осознание того, что голубизна неба — всего лишь иллюзия, знаменует собой смерть невинности и одновременно рождение воображения, песня китов — это и конец, и начало. Поднятие завесы.

И возникает ощущение истории, свершающейся одномоментно. Как будто я уже была здесь раньше и тело мое уже грезило в завихрениях фиолетового и берлинской лазури. Как будто я наконец-то возвращаюсь домой.

МОРСКИЕ ЧУДОВИЩА

Рыбья кость

Воздух в тропиках плотный, душный. Миновав пальмовый сад, я захожу в яхт-клуб. Вытираю верхнюю губу тыльной стороной ладони, убираю волосы в хвост. Глаза медленно привыкают к полумраку.

Помещение яхт-клуба застелено ковровым покрытием в желто-синюю клетку, наводящую на мысль, что я перенеслась во времени лет на тридцать назад. Сандалии прилипают к отсыревшему ковру. Пахнет пивом, солью и гигиенической помадой.

Я направляюсь к бару, где женщина наливает пиво двум мужчинам с обгоревшими шеями.

— Ох, — тянет один из них, сделав глоток, — так-то лучше.

Они чокаются друг с другом.

— Твое здоровье, приятель.
— Твое здоровье.

Женщина поворачивается ко мне и произносит:

— *Bonjour*[8].

— Извините, — отвечаю я. — Можно по-английски?

Она кивает.

— Чем могу помочь?

— Вообще-то, я кое-кого ищу. Мужчину по имени Влад. Вы его знаете?

---

[8] Добрый день (*фр.*).

— Да, — говорит барменша, оглядывая зал. — Вон он. — Она указывает на мужчину, сидящего на террасе с пивом и сигаретой.

Спиралька дыма вьется в лучах послеполуденного солнца.

— *Merci*[9], — благодарю я.
— Не за что.

Я выхожу на террасу и встаю перед мужчиной, отбрасывая тень на его широкую грудь:

— Влад?

Он подозрительно косится на меня.

— Да.
— Я Оливия.

Влад прикрывает глаза рукой. Прищурившись, оглядывает меня с ног до головы.

— Мы знакомы?
— Нет. Ну, вроде того. Вы писали мне по электронной почте.

Он тушит сигарету, хмурится.

— Разве?
— Вы ведь капитан «Посейдона», верно?
— Да.
— Вы писали мне про рейс в Новую Зеландию.

Влад открывает рот, чтобы ответить. Колеблется.

— Как, говоришь, тебя зовут?
— Оливия. — Тут я вспоминаю, что подписала письмо по-другому. — Оли.
— Ах, Оли! — смеется Влад.

Я переминаюсь с ноги на ногу. Пара за столиком в дальнем конце террасы смотрит на нас: смеющегося мужчину и молчащую девушку.

---

[9] Спасибо (*фр.*).

— Прости, прости, — наконец произносит Влад. — Я-то ожидал совсем другого.

Я скрещиваю руки на груди.

— И кого же?

— Парня.

— Ах, ну да…

Влад отодвигает соседний стул и жестом предлагает мне занять его. Я сажусь, перекрещиваю ноги.

— Выпьешь? — спрашивает он.

— Нет, не надо. Спасибо.

Влад отхлебывает пиво.

— Ты ведь ходила в море, да?

— Что?

У него розовые мясистые руки, выпирающие из майки. Глаза колкие, как кристаллики голубого льда.

— Я работаю на судах уже четыре года, — говорю я. — Кажется, я вам писала.

Влад подается вперед, ставит локти на стол. И вдруг наш разговор начинает походить на собеседование. Как будто я пока не получила эту работу. Влад делает еще один глоток пива.

— Да, круто. Просто вся штука в том, что под моим началом четыре парня. Я думал, будет пять.

— Я свое дело знаю.

— Ты когда-нибудь ходила в плавание с командой из одних парней?

Я мотаю головой. Меня отчего-то бросает в жар.

Влад достает из пачки на столе сигарету, предлагает и мне. Я протягиваю руку к пачке, однако передумываю. Безусловно, лучше отказаться от предложенной сигареты, чем притворяться, что я курю.

Влад закуривает. Затягивается, выдыхает дым. Делает еще один глоток пива.

— На камбузе хорошо управляешься?

На кухне, вашу мать?! Я чувствую, как у меня отвисает челюсть. Но прежде, чем я выдаю хоть какой-нибудь звук, появляется еще один парень. Он хлопает Влада по спине и отодвигает от нашего стола стул.

— Не помешаю? — спрашивает парень, подсаживаясь к нам.

Влад мотает головой, и незнакомец протягивает мне руку.

— Я Кэм, — представляется он. У него темно-карие глаза.

Я пожимаю руку.

— Оливия.

Кэм стискивает мою ладонь. Я замечаю, что у него немного искривлен нос — возможно, это след давнего перелома, странным образом придающий лицу очарование.

Влад поправляет меня:

— Оли. Это Оли.

— Ха! — Кэм смеется. — Ни хрена себе! Не ожидал.

— Я это уже слышала, — отрезаю я, выпуская его руку.

Влад затягивается сигаретой, выпускает дым через стол.

— Хотя это приятный сюрприз, — добавляет Кэм, и Влад закатывает глаза.

Я чувствую, что краснею. Пот струйкой ползет у меня по спине.

Влад пожимает плечами, потом бормочет:

— Баба в море — плохая примета.

— Я работала на камбузе два последних рейса, — вру я: за четыре года я ни разу не ходила в рейсы, где бы обязанности кока не выполнялись всеми по очереди. Но работа вот-вот ускользнет у меня из рук, а я ведь уже несколько недель околачиваюсь в доках Нумеа, пытаясь завербоваться на судно. Мелькает мысль о моем банковском счете. Денег едва хватит на несколько ночей в хостеле.

— Я умею готовить, — настаиваю я.

Кэм ухмыляется.

— Можешь считать, я за тебя. — Он поворачивается к Владу. — Давай, мужик, — говорит он, пихая Влада под локоть. — Ты же не боишься глупых суеверий, правда?

Влад смеется. Звук получается глуховатый и розовый.

Когда я выхожу из хостела на пристань, день еще только начинается. В рюкзаке, болтающемся на одном плече, — вся моя жизнь. Одежда, паспорт, кошелек с монетами нескольких стран, кое-какие личные принадлежности, судовые перчатки, водонепроницаемые вещи, несколько писем от Мэгги и Мэка и мой личный экземпляр «Справочника-путеводителя по блужданиям», который они прислали мне на прошлый день рождения.

По дороге в яхт-клуб я прохожу по местному рынку. Под плодовыми деревьями располагается ряд с саронгами, которые колышет желтый бриз. С одного прилавка торгуют самодельными украшениями из морских раковин. С соседнего — свежим рыбным филе. Расколотыми кокосовыми орехами с воткнутыми в них пластиковыми соломинками. И картинами. Я на минутку останавливаюсь, чтобы полюбоваться изображением рифа с высоты птичьего полета: бирюзовые завитки, коралловые заросли, похожие на бледно-голубые родимые пятна. Мне вспоминается двухлетней давности плавание в Индонезию. Как мы ныряли у берегов Ломбока. Лакомились на палубе свежевыловленной рыбой.

Затем в памяти возникает неделя, проведенная между двумя рейсами на острове Бали. *Варунг*[10] с мерно жужжащим над головой вентилятором, местный кофе... Горные водопады, затерянные среди буйных джунглей. Белоснежный поток, низвергающийся на голову.

Потом я начинаю думать об искусстве, о картинах, в изобилии предлагаемых на рынках. Мне выпала честь побывать в студии одного художника и наблюдать, как Бали обретает живописное воплощение. Это изменило мое восприятие пейзажа. Как будто земля вдруг оказалась в фокусе и я стала замечать буквально все.

Резные крыши домов и храмов во дворах. Подношения с благовониями, цветами и рисом. Улицы, которые перед праздником Галунган украшают высокими шестами с сухими пальмовыми ветвями и цветными полотнищами. Я писала Мэгги и Мэку обо всем этом буйном многоцветии, к которому раньше была не чувствительна.

---

[10] Балийская кофейня.

У меня урчит в животе, и я возвращаюсь к реальности. Роюсь в рюкзаке в поисках бумажника, на последние деньги покупаю арбузный сок и банан и на ходу подкрепляюсь.

Кэма я застаю у входа в здание яхт-клуба. Заметив меня, он улыбается.

— Как дела? — спрашивает он и обнимает меня.

Я пожимаю плечами:

— Прекрасно. Немного устала.

— Ну, выглядишь бесподобно.

— Спасибо, — зевая, бормочу я.

Кэм советует мне не зевать в присутствии членов команды.

— У Влада на судне вахту несут даже коки.

Я киваю и подавляю зевок.

Кэм открывает передо мной дверь и деликатно поддерживает меня за талию, когда я переступаю порог.

«Посейдон» пришвартован у самого последнего причала. Корпус его выкрашен в ярко-алый цвет. Как выпяченные губы. Или хвост омара.

На палубе трое парней. Влад стоит на носу. Двое других — в кокпите.

Кто-то свистит. Так из проезжающей машины свистят девицам.

Я поднимаю голову на звук и вижу на вершине мачты матроса в беседке.

— Привет! — кричит он и машет рукой.

— Это Эйджекс. Зови его Эй-Джеем, — говорит Кэм, указывая на матроса.

Я улыбаюсь и машу в ответ.

На корме Кэм представляет меня Хантеру и Заку.

Я пожимаю им руки:

— Приятно познакомиться.

— Да, нам тоже, — отвечает Зак.

Хантер улыбается:

— Готова провести неделю с этими идиотами?

Зак возражает:

— Говори за себя, чувак.

Я смеюсь:

— Более чем готова.

— Откуда ты? — любопытствует Хантер. — Не могу распознать акцент.

Я думаю о том, что этот вопрос мне задавали всякий раз, как я переходила в новую школу; много-много раз.

«Я из Фемискиры[11]», — обычно говорила я.

«Такого места не существует», — отвечали мне другие дети.

«Существует».

«Не существует».

«Там живут самые сильные женщины в мире».

«Ты все сочиняешь. Такого места нет».

Я смотрю на Хантера; он с обнаженным торсом и в линялых пляжных шортах.

— Родом я из Австралии, — отвечаю я. — Но росла в Азии, в основном в Гонконге.

— Почему?

— Папа там работал.

— Наверное, там было круто.

---

[11] В древнегреческой мифологии — столица племени амазонок.

Я пожимаю плечами.

— Да, неплохо.

— Влад — бриташка, — сообщает Хантер. — Зак из Кали[12], а Кэм — новозеландец. Но ты не волнуйся. — Он подмигивает: — Положись на меня. Я австралиец. Из Перта.

Позади нас Зак спускает Эй-Джея с мачты. Достигнув палубы, тот отстегивает карабин и спрыгивает в кокпит. Он еще не выбрался из обвязки и весь опутан стропами. Парень смотрит на меня, и на лице у него появляется улыбка. Он протягивает мне руку для рукопожатия, но когда я прикасаюсь к его ладони, переворачивает мою руку и целует ее.

— *Enchanté*[13], — произносит он.

Хантер закатывает глаза.

— Ты француз? — спрашиваю я.

— Да, по матери.

— Что ж, я тоже рада знакомству, — говорю я, и щеки у меня начинают пылать.

Эй-Джей отстегивает ремни безопасности и кладет обвязку под сиденье в кокпите. Затем выпрямляется и поворачивается ко мне. Он великолепен: бархатистые зеленые глаза, легкая щетина и копна черных как смоль волос. Молодой человек стаскивает с себя футболку, вытирает ею пот со лба.

— Да уж, — говорит он. — Просто замечательно.

В кокпите появляется Влад.

— До завтрашнего дня будет дуть норд. Я хочу извлечь из этого наибольшую выгоду, ясно,

---

[12] Имеется в виду Новая Каледония.
[13] Очень приятно (*фр.*).

ребята? — Он поворачивается ко мне: — Давай познакомлю тебя с судном, чтобы отчалить еще до обеда.

После выхода в море земля блекнет, точно акварельный рисунок, брошенный под дождем, детали размываются, и наконец горы сливаются с бумажным белым небом. Остается одно сплошное море. Здесь. Там. Повсюду. Судно словно становится отдельным маленьким мирком. Красной планетой, прокладывающей путь в синеве.

Я делаю глубокий вдох и чувствую, как отдаюсь пустоте.

Именно этим мгновением я каждый раз наслаждаюсь больше всего: прощанием с землей, когда близкое и далекое сливаются друг с другом. Возвращением домой.

В нашу первую ночь на море я отвариваю картофель и разминаю его в пюре, добавив смесь трав, чеснок, сливочное масло, соль, перец и горчицу. К нему я подаю овощи на пару с лимоном и солью.

«Посейдон» — самое большое судно из всех, на которых я работала: пятьдесят восемь футов в длину, но это гоночная яхта, так что интерьер минималистичный. Удобства принесены в жертву скоростным качествам. На носу — одноместная каюта, служащая одновременно для хранения парусов.

Рядом туалет, дверь которого даже не запирается. В средней части главной каюты два ряда двухъярусных коек-гамаков на ремнях, прикрепленных к стенам. Еще есть камбуз, где сейчас варятся морковь и брокколи, и навигационная станция, где Влад прокладывает наш курс. На корме под кокпитом — еще одно хранилище парусов.

Тут нет стен, отделяющих места для сна от пространств для работы и приема пищи. Нет стен, за которыми можно переодеться. На яхте, как я уже давно знаю, ничего не утаишь. Но на этой яхте алое небо распахнуто настежь. Всё на виду.

Я приношу Владу ужин на навигационную станцию. Мне хочется расспросить его о курсе, который он прокладывает, но голова, ушедшая в плечи, сдержанное «спасибо», которое он роняет, не поднимая взгляда, отпугивают меня. Влад всего несколькими годами старше, однако нервирует меня, как ни один капитан до него. Я чувствую, как на меня грозной тучей надвигаются его слова: «Баба в море — плохая примета». И потому воздерживаюсь от вопроса, который он может счесть глупым.

Для остальных ребят я накрываю ужин на палубе. Зак стоит у штурвала. На нем шорты и расстегнутая льняная рубашка с трепыхающимися полами. Он чисто выбрит, с выгоревшими на солнце короткими волосами, на запястье тонкий кожаный браслет. Благодаря твердой линии подбородка он кажется старше остальных, хотя всем нам уже далеко за двадцать.

Хантер, самый юный член экипажа, которому всего двадцать один, сидит в кокпите позади Зака. Несмотря на буйные кудри на голове, тело у него безволосое. Он худ, бледная кожа туго обтягивает суховатые мышцы.

— Ты сегодня обгорел, — говорю я, протягивая ему тарелку.

Хантер косится на свои порозовевшие плечи, смеется:

— Извини, мамуля.

Я передаю Кэму и Эй-Джею тарелки, после чего спускаюсь вниз за своей. Когда я возвращаюсь на палубу, Эй-Джей подвигается на скамье, чтобы освободить для меня место между собой и Кэмом. Я сажусь, и оба парня снова придвигаются поближе.

— Очень вкусно, — говорит Эй-Джей.

Кэм добавляет:

— Так и знал, что тебя не зря взяли.

Я набиваю полный рот пюре и чувствую, как оно застревает у меня в горле. Проглотить его очень трудно.

Через минуту в кокпите появляется Влад, его пшеничные волосы сияют в лучах заходящего солнца. В одной руке он держит свою тарелку, в другой — маленькую белую дощечку. Он садится, ставит тарелку у ног, а дощечку кладет на колено. Достает из кармана шорт маркер.

— Вахты по два с половиной часа, — объявляет он, — начиная с восьми.

Пять матросов, вахты с восьми вечера. Я мысленно подсчитываю. Кому-то повезет спать всю ночь.

— Я буду дежурить первым, — говорит Влад, вписывая свое имя в первую ячейку на дощечке. — Потом, Хантер, можешь пойти ты, с половины одиннадцатого до часу. Зак, ты с часу до половины четвертого. — Он смотрит на меня, Кэма,

Эй-Джея. — Кто из вас хочет заступить на вахту в самое темное время?

Кэм пожимает плечами:

— Я не против.

— Ладно, — отвечает Влад. — Пойдешь с половины четвертого до шести. А Эй-Джей может выйти на рассвете, с шести до восьми тридцати.

— А как насчет Оли? — спрашивает Хантер.

— Она может подежурить вместе с Кэмом.

— Если я буду нести вахту одна, — замечаю я, — периоды получатся покороче.

— Вот именно, — подхватывает Хантер.

— Думаю, пока мы не сработаемся, — говорит Влад, — лучше будет страховать ее.

Я чувствую, как меня опять бросает в жар и шея заливается краской.

Зак примирительно говорит:

— Во всяком случае, в первую ночь.

— Согласен, — подает голос Кэм. — Лучше перебдеть, чем недобдеть.

Я просыпаюсь оттого, что мне на плечо ложится чья-то рука.

— Оли, пора на вахту.

Я слезаю с койки. Лунный свет падает на мои обнаженные бедра. Я отступаю в тень и ищу на постели шорты. Нахожу их в изножье и быстро натягиваю. Кэм передает мне дождевик. Я надеваю его только после того, как поднимаюсь через люк в кокпит. Под палубой невыносимая духота.

— Как спалось? — спрашивает мой напарник.

Я думаю о том, что потеряла час сна, убираясь после ужина. Вспоминаю храп, который уже набрал полную силу к тому времени, когда я наконец улеглась. Я провалялась на койке без сна несколько часов, пытаясь внушить себе, что по полке надо мной грохочет гром.

— Отлично, — говорю я.

— Вот и хорошо, — отвечает Кэм. — Мне тоже.

Я сажусь за штурвал. На мне нет обуви, дождевик расстегнут. Морской бриз, обдувающий тело, приносит долгожданное облегчение. Я глубоко дышу. И чувствую, как сквозь меня проходит небо.

Месяц сегодня узенький, как кошачий зрачок. Его тусклость открывает ночь для мириадов звезд. Они мерцают в темноте, точно река, струящаяся над головой.

— Ух ты, — говорит Кэм, задирая голову. — Я совсем и забыл об этом.

— Забыл? — спрашиваю я.

— Давно не был в рейсе, — объясняет он.

Однако до одиночной вахты не допустили именно меня.

— Просто невероятно, — соглашаюсь я, взирая на россыпи звезд.

— Вообще-то я не религиозен, — замечает Кэм, — но сейчас с трудом верится, что Бога нет. Правда же?

Я пожимаю плечами и мысленно возвращаюсь к давнему разговору с Мэком и Мэгги, происходившему в другое время и на другом море, когда мы говорили о моем деде.

— Ты его еще увидишь, — пообещала Мэгги.

Я покачала головой:

— Не верю в загробную жизнь.

— Я не это имела в виду. Есть и другие способы увидеть, Оли. Я вижу ветер красных оттенков. Вижу, как Мэк смеется зеленым смехом. — Она помолчала. — Вижу Робин в бризе, наполняющем паруса розовым цветом.

На другом конце кокпита Мэк закрыл глаза, расслабился, на губах у него заиграла едва приметная улыбка.

— Все нормально? — спрашивает Кэм, возвращая меня в это время и это море. С воды набегает легкий бриз. Парус принимает форму женского тела.

— Да. Просто вспомнила, что говорил мне один друг.

— Нужно сосредоточиться, когда ты на вахте.

— Знаю.

— Извини. Не подумай, что я пытаюсь тебе указывать.

Я скрещиваю руки на груди.

— Вначале я тоже иногда отключался, — признается Кэм. — Просто надо быть начеку, вот и все, что я пытаюсь до тебя донести.

— Это не первая моя вахта.

— Что?

— Я работаю на яхтах уже четыре года.

— Сколько тебе лет?

— Двадцать пять.

— Ох, ни хрена себе, — смеется Кэм. — Мы с тобой ровесники!

Я заглядываю ему через плечо, чтобы проверить навигационные приборы.

— Извини, — говорит он, — просто ты не выглядишь на свой возраст.

— Это комплимент?

— Я только хотел сказать, что ты настоящая красотка.

На завтрак я нарезаю кубиками папайю и арбуз, кладу их в большую миску и ставлю в центре кокпита. Все уже встали, кроме Эй-Джея, который отсыпается после утренней вахты.

Вернувшись на камбуз, я варю пять яиц, даю им остыть в холодной воде, после чего выношу их на палубу и раздаю по кругу. Когда я отдаю яйцо Кэму, он ухмыляется:

— Спасибо, крошка.

Хантер мочится через корму. Потом стряхивает по ветру, снова надевает шорты и поворачивается ко мне за вареным яйцом.

— Фу, — говорю я, смеясь. — Сначала вымой руки.

Он закатывает глаза, ложится на кормовую палубу и ополаскивает руки в океане. Повернувшись ко мне, ухмыляется и трясет кистями, обрызгивая меня.

От неожиданности я вскрикиваю, отшатываюсь, спотыкаюсь о бухту и падаю навзничь. Со всего маху.

Я приземляюсь боком на лебедку, туловище неестественно изгибается, и внутри что-то хрустит.

Цвет у этого хруста пронзительно-фиолетовый.

Вокруг раздается смех, но болевой шок искажает звуки; они пульсируют вокруг меня, как будто я нахожусь глубоко под водой. Небо и море сливаются воедино. Я не могу дышать. Ребро испускает волны боли. Электрической. Жаркой. Весь бок словно в огне. Я перекатываюсь на спину, крепко зажмурив глаза.

— У тебя все в порядке?

Я не могу дышать. Я не могу дышать.

— Заткнись. Кажется, она сильно ударилась.

— Оли, все нормально?

— Где у тебя болит?

— Помогите ей подняться.

Кто-то берет меня за плечи и поднимает на ноги. Но ноги не слушаются. Они дрожат, подгибаются, и я падаю кому-то на руки.

Эти руки не дают мне упасть. Они ощупывают мне бок, ребра. Я кричу от боли. А потом меня тошнит. Но в желудке ничего нет, только вода и желчь. Я облевываю кому-то ноги.

— Мерзость!

— Заткнись ты на хрен!

— Оли?

— Отведите ее под палубу.

Я лежу на своей койке и часто дышу. Каждый вдох пронзительно-фиолетов.

До меня с навигационной станции доносятся голоса:

— Надо возвращаться.

— Мы не можем.

— Я в самом деле думаю...
— Все будет в порядке.
— У нее перелом!
— Похоже, дело нешуточное.
— Всего лишь сильный ушиб.
— Она же девка.
— Наверное, устала после вахты.
— Ей просто нужно выспаться.

Чей-то голос шепчет мне на ухо:

— Оли?

Я открываю один глаз.

— Можешь сесть? У меня есть обезболивающее. — Кэм помогает мне сесть на койке. — Вот, — говорит он, кладя мне в рот две таблетки. — Запей, — протягивает чашку с водой.

Я делаю глоток, проглатывая таблетки.

Кэм помогает мне снова лечь. Я тянусь к его руке, обхватываю ладонью запястье.

— Мы ведь вернемся, да? — выдавливаю я из себя между двумя болезненными вдохами.

— Ага, — говорит он, похлопывая меня по плечу. — Постарайся немного поспать.

Я просыпаюсь в холодном поту. В каюте полутемно. В иллюминатор я вижу, что солнце уже садится. С палубы слышны голоса. Мне нужно в туалет.

Я с трудом слезаю с койки и в полумраке ковыляю к туалету. Защелка сломана, поэтому дверь ходит на петлях, хлопая при каждом подъеме на волну и спуске с нее. Каждый удар отдается у меня в теле.

Спустив за собой, я ощупью пробираюсь через каюту к навигационной станции, где открываю электронную карту, чтобы посмотреть, далеко ли мы отошли от Нумеа.

И ахаю.

Резкий вздох запускает по телу горячую волну боли.

— Сволочи, — бормочу я, бессильно откидываясь на спинку стула.

Жар, змеей ползущий вверх по спине, обволакивает шею.

Я смотрю на экран, на котором «Посейдон» — крошечная точка в синей пучине — продвигается прямиком к Новой Зеландии.

Рыбий глаз

Небо начинает тускнеть, когда на электронной карте появляется еще одно судно. Уже совсем темно, когда мы замечаем на горизонте его огни. Они похожи на крошечные красные и зеленые звездочки.

— Знаешь правило о прохождении мимо другого судна? — спрашивает меня Зак.

За меня отвечает стихами Хантер:

— Когда зеленый с красным ты видишь впереди, на всех парах спеши к бабенке, присунь и уходи.

Я закатываю глаза.

— Лево руля, — говорю я. Но ребята так громко ржут, что не слышат меня.

Я отсчитываю время ударами сердца. Каждый пронзительно-фиолетовый удар отдается в сломанном ребре. Тик-так.

Я готовлю ужин на наш третий вечер в море. Кускус с отварными овощами. Когда раскладываю еду по тарелкам, в камбуз по трапу спускается Влад. Я роняю картофелину, наклоняюсь, чтобы поднять ее. Боль расходится от ребра по всему туловищу. Морщусь.

— Так плохо, да? — спрашивает он. Хотя на вопрос это не похоже.

Я выпрямляюсь, и меня передергивает. К горлу подкатывает тошнота.

— Все нормально, — бормочу я.

— Хорошо, — отвечает капитан с полуулыбкой. Он берет две тарелки и уносит наверх, в кокпит. Я следую за ним еще с двумя, затем возвращаюсь под палубу за остальными.

Пока мы едим, ветер стихает. Паруса опускаются и начинают трепыхаться.

После ужина Влад, Кэм и Зак собираются вокруг навигационной станции напротив камбуза, где я мою посуду. По трапу ко мне спускается Эй-Джей.

— Помощь нужна?

— Да, спасибо. Может, будешь вытирать?

— Конечно, — отвечает Эй-Джей, улыбается, и на щеках у него играют ямочки.

С навигационной станции доносится голос Зака, предлагающего включить мотор. Влад возражает против пустой траты топлива, когда в этом нет необходимости. Я передаю тарелку Эй-Джею, насухо вытираю руки о шорты, пересекаю камбуз и направляюсь к навигационной станции.

— А если мы немного отклонимся от курса, вот в этом направлении, чтобы захватить краешек грозового очага? — предлагаю я, указывая на юго-западную область метеокарты, обещающую более сильные ветра.

— Это нам совсем не по пути, — возражает Зак.

— Знаю. Но здесь мы в застойной зоне.

Зак бормочет:

— Лучше здесь, чем там.

— Что? — рявкаю я.

— Я сказал, лучше здесь, чем где-то там, — говорит он, махнув рукой. — Мы идем в Новую Зеландию, помнишь?

— Как хотите. — Я поворачиваюсь и возвращаюсь к раковине с грязной посудой.

Когда я передаю последнюю тарелку Эй-Джею, он тянет ко мне руку и проводит кончиками пальцев по моей ладони. Улыбается. Ах, эти ямочки.

— Мне понравилась твоя идея, — шепчет он мне на ухо.

Мне хочется сказать: «Так, может, стоит сказать об этом остальным, уж к тебе-то они прислушаются», и еще: «Мне тоже нравится моя идея, потому что она чертовски хороша». Но я молчу. Потому что прикосновение его руки к моей — словно приветливая искорка в сумраке подпалубного пространства, и я не желаю, чтобы она погасла. Поэтому я просто улыбаюсь, заливаюсь румянцем и отвечаю:

— Спасибо.

Удар. Тик. Удар. Так.

Ребята решают не менять курс. Вместо этого они просто натягивают паруса, и яхта движется по ветру скоростью в три узла и против течения скоростью два узла. Три шага вперед, два назад. Новая Зеландия мучительно далеко. Я чувствую тяжесть океана, распластавшегося под нами. Непреодолимую тяжесть.

— Мне скучно, — ворчит Хантер, бросая карты на стол.

— Ты просто не можешь смириться с проигрышем, — парирует Кэм.

— Нет, еще одного круга этой дурацкой игры я не выдержу.

— Во что еще можно поиграть? — спрашиваю я.
— Как насчет «Я еще никогда…»?
— Я еще никогда что?

У Хантера загораются глаза.

— Ты не слышала об игре «Я еще никогда…»?

Я мотаю головой.

Кэм спрашивает:

— Сколько, говоришь, ты работала на судах?

Зак смеется.

— Мы все отгибаем по три пальца, и каждый по очереди должен называть, чего он еще никогда не делал, а если кто-то за столом это уже делал, он должен загнуть палец, — объясняет Хантер.

— Проигрывает тот, кто первым загнет все пальцы?

— Или побеждает, — ухмыляется Хантер. — Обычно просто нужно выпить залпом стакан…

— Кстати, у нас ведь есть ром, — подхватывает Кэм.

— Точно, — дерзко улыбается Хантер.
— Вряд ли Влад согласится, — замечает Зак.
— Может, попросишь у него разрешения? — предлагает Хантер.
— Сам проси.
— Ладно.

Хантер встает из-за стола и поднимается по трапу в кокпит, где Влад несет вахту.

Через минуту он возвращается с широкой улыбкой на лице.

— По стакану каждому.

— Отлично! — восклицает Кэм и встает, чтобы принести из передней каюты ром.

Я нахожу на камбузе бутылку колы, чтобы разбавить ром, и разливаю ее по стаканам. Хантер добавляет ром. Зак посмеивается над его щедростью.

— Что? — парирует Хантер. — Нас жажда замучила.

Я отпиваю глоток. Коктейль получился такой крепкий, что у меня слезятся глаза.

— Эй! — кричит Хантер. — Мы еще не начали.

— Ладно, все отгибаем по три пальца, — командует Кэм.

Я ставлю стакан на стол и показываю три пальца.

— Сначала дамы, — говорит Хантер. — Скажи «Я еще никогда…», а потом назови, чего ты никогда не делала.

— Хорошо. Я еще никогда не играла в «Я еще никогда…».

— Это неинтересно! — протестует Хантер.

— Зато умно, — возражает Кэм, и всем троим приходится загнуть по пальцу.

— Ладно, — бросает Хантер. — У меня еще никогда не было месячных.

Я закатываю глаза, загибаю палец, а парни оглушительно ржут. Этот звук будит Эй-Джея, который спал на своей койке. Он переворачивается на бок, приподнимается на локте и, протирая глаза, спрашивает:

— Во что играете?

— В «Я еще никогда…», — отвечает Хантер.

Эй-Джей улыбается:

— Классная игра.

— Присоединяйся, приятель, — говорит Зак.

Эй-Джей слезает с койки. Из одежды на нем только трусы. Он ловит мой взгляд.

Я опускаю глаза, чувствуя, как у меня вспыхивают щеки. Эй-Джей садится рядом и задевает коленом мое колено. Поднимает три пальца.

— У меня никогда не было мамы-француженки, — говорит Кэм.

Эй-Джей загибает палец и ворчит:

— Что за фигня?

— Надо было сравнять счет.

— Хорошо, — говорит Зак. — Я еще никогда не трахался с телкой на яхте.

Все парни, включая Зака, загибают пальцы.

— У тебя никогда не было секса в море, Оли?

— Сдается мне, ты вообще не работала на судах, — поддразнивает меня Кэм.

— Я еще никогда не трахалась с телкой на судне, — парирую я.

— А с парнем, значит, трахалась? — спрашивает Зак.

— Сейчас не твоя очередь.

— Я еще никогда не садился на мель, — говорит Эй-Джей.

Хантер загибает палец.

— Зашибись, — бормочу я.

Он пожимает плечами:

— Не по своей вине.

Мне вспоминаются слова Мэка: когда на яхте что-нибудь случается, ответственность несет вся команда.

— Я еще никогда не влюблялась в рейсе, — говорю я.

Наступает долгая пауза.

— Ты должна загнуть палец, Оли! — кричит Хантер, подпрыгивая на стуле.

— Что? Почему?

— Потому что никто из нас этого не делал, — объясняет Зак.

— Я еще никогда… — начинает Хантер. Потом ухмыляется: — Я еще никогда не занимался сексом с парнем на судне.

Все взгляды обращены на меня.

Зеленые глаза. Голубые. Черные.

Все широко распахнуты. Точно косяк рыбы, зависший передо мной в воде. Ожидающий.

Широко распахнутые рыбьи глаза. У рыб вообще есть веки?

— Говорил же вам, — шепчет Зак.

Я вздрагиваю. Вспоминаю, как впервые занялась сексом с Адамом. Перед тем как войти в меня, он спросил: «Надеюсь, ты не девственница?» Он ухитрился превратить девственность в нечто постыдное.

Я могла бы сказать им, что не смешиваю работу с развлечением. Или что мне просто ни разу не подворачивалась такая возможность. Но вместо этого я, залившись краской, снова испытываю прежний стыд.

И загибаю палец.

— Ха! — кричит Хантер. — Я так и знал! Пей до дна!

Я одним глотком осушаю стакан. В любом случае я проиграла.

Однажды я увидела то, чего не должна была видеть. Две женщины с алыми глянцевыми выпяченными губами. Полуголые, с торчащими грудями. И мой отец на диване между ними. В расстегнутой рубашке, без галстука, который валялся на полу, свернувшись кольцами, как змея. Мой папа. Обнимающий их обеих.

Помню его лицо, напоминающее песок на ветру. Изменчивое. Пребывающее в непрестанном движении. Песок, принимающий разные формы. Форму желания. Удовольствия. Удивления. Ужаса. Гнева.

Увиденное придаст мне сил, подумала я. Ведь мама поверит родной дочери. Увиденное мной — отцовская погибель.

Но люди не всегда хотят верить собственным глазам. Или ушам. Вместо этого они упрощают реальность, чтобы выжить в ней.

«Ты сама не знаешь, что видела. Твой отец никогда бы так не поступил. Я тебе не верю. Зачем ты лжешь?»

Истории, которыми мы утешаемся. Искажение памяти. Песок, принимающий разные формы.

Влад просовывает голову в люк и говорит Кэму:
— Ты с Оли — наверх.

Я отыскиваю свой дождевик и поднимаюсь по трапу в кокпит. Кэм следует за мной к штурвалу. Садится рядом, так близко, что наши бедра соприкасаются.

Под палубой парни ложатся спать. Забираются на свои койки. Гасят свет. И остаемся только мы, освещенные розовым сиянием навигационных приборов, безмолвные.

Кэм лезет в карман, достает телефон и наушники.

— Хочешь послушать?

— Смотря что у тебя там.

— У меня куча загруженной музыки. Что выберешь?

— Знаешь *Unknown Mortal Orchestra*[14]?

— Я имел в виду скорее… э-э… хиты…

— Вообще-то, мне все равно, — говорю я, беря у него один наушник.

Кэм ставит «Добро пожаловать в джунгли» *Guns N'Roses*.

— Мне нравится эта песня.

Он улыбается и подталкивает меня локтем, нечаянно задевая синяк.

— Ай! — вскрикиваю я, хватаясь за бок. — Твою же мать!

Удар. Тик. Удар. Так.

— Извини, — говорит Кэм, гладя меня по плечу. — Я принесу тебе еще обезболивающих.

— Спасибо, — ворчу я. Он встает, спускается в трюм и через несколько минут возвращается с бутылкой воды и горстью таблеток. Я глотаю их и возвращаю ему бутылку. Кэм ставит ее в держатель рядом с лебедкой и снова подсаживается ко мне. Заботливо приобнимает за плечи:

— Ты как, в норме?

Я киваю.

— Больно видеть, как ты мучаешься, — шепчет Кэм.

---

[14] Новозеландская психоделическая группа.

— Что? — говорю я, поворачиваясь к нему лицом. А потом мне снова чудится, будто я вижу то, чего не должна видеть. Будто я парю над собственным телом и мечтаю никогда не видеть, как Кэм наклоняется, чтобы поцеловать меня.

Я отстраняюсь.

Лицо, похожее на песок. Песок, принимающий разные формы. Форму желания. Удивления.

— Ты чего? — спрашивает он. Песок принимает форму стыда. Кэм пытается отпустить шутку, но она замирает у него на губах.

— Извини, — говорю я.

Кэм убирает руку.

— Я просто подумал... — бормочет он, ерзая на стуле, не в силах посмотреть мне в глаза.

И тогда я лгу:

— Просто неловко этим заниматься, пока мы на судне. Понимаешь... при всех остальных.

Ведь мы не всегда хотим верить собственным глазам.

Хоть Кэм и сказал: «Да, тут ты права, я тоже так считаю», на следующий день он ведет себя как побитый щенок, поджавший хвост.

Когда я передаю ему тарелку, он даже не благодарит меня.

Когда я сажусь рядом с ним в кокпите, он отодвигается. Когда позднее, в сумерках, Влад выходит на палубу с маркером и дощечкой и говорит: «Оли и Кэм, вы дежурите с половины четвертого до шести», Кэм возмущается:

— Но мы уже несли вахту в самое темное время.

Эй-Джей, стоявший у правого борта, спрыгивает в кокпит.

— А я еще не нес, — говорит он. — Почему бы мне не поменяться с Кэмом?

— И выйти с Оли? — уточняет Влад.

Эй-Джей пожимает плечами.

— Да, почему нет?

— Заметано.

Влад стирает имя Кэма и вписывает Эй-Джея.

Кэм отворачивается от меня и устремляет взгляд к горизонту. Я с облегчением выдыхаю.

Эй-Джей садится напротив меня в кокпите. Он улыбается, и я представляю, как все остальные исчезают, а мы с ним остаемся здесь, на палубе, наедине. От волнения я покрываюсь мурашками.

Рыбьи потроха

Луна вспухает. Как и мое ребро. К вечеру волны тоже вспухают. Яхта взлетает все выше, обрушивается вниз все сильнее. Я задеваю рукой посиневший, ушибленный бок. И каждый раз мне все так же больно.

Хочется впасть в забытье.

— Все нормально?

— Да. — Я морщусь. — Сегодня ребро прямо огнем горит.

— Нас скоро сменят.

Свет луны освещает улыбку Эй-Джея.

Я киваю, словно в каюте тело будет меньше болеть.

Лунная дорожка разбавляет ночную темноту. За нами — густая синева, похожая на океанский ил. Валы точно очерчены серебристым фломастером. Я баюкаю опухший бок. Переносить боль немного легче, если сунуть правую руку под левую подмышку. Но затем мы налетаем на двойную волну: падаем с гребня первой и врезаемся в надвигающуюся вторую. Вода захлестывает нос, и меня смывает с сиденья на дно кокпита левым боком. Я ору. Боль пожелтела. Она похожа на удар раскаленным ножом.

Эй-Джей помогает мне снова подняться и усаживает на скамью рядом с собой. Мы оба промокли насквозь, и, несмотря на зной, меня трясет. Он обнимает меня одной рукой.

— Неужели тебе холодно? Мы же в тропиках!

Мы поднимаемся на гребень другой волны, и я замечаю у носа яхты что-то вроде огромной бочки, освещенной луной.

— Ты видел?

Яхта ныряет в темную впадину между валами, и видение исчезает.

— Что видел?

Мы снова взлетаем на гребень, и я показываю:

— Вон там!

Эй-Джей вскакивает:

— Что за хрень?

Внезапно из моря примерно футах в тридцати от «бочки» вырывается хвост кита — на тридцать футов ближе к нам, чем само туловище.

— Твою мать! — Эй-Джей бросается к штурвалу. — Держись!

Я вцепляюсь в леер, а он резко выворачивает штурвал вправо, и мы скользим по склону волны под таким углом, что яхта чуть не опрокидывается. Я слышу, как внизу, на камбузе, из шкафчиков вылетают и разбиваются тарелки. А ведь я запирала шкафчики. Совершенно точно запирала. Под палубой раздаются крики.

В этот момент хвост опускается на воду со шлепком — будто пощечина по мокрому от слез лицу. Кит поднимает голову к поверхности и выдыхает через дыхало. Тучи разверзаются.

И с небес дождем сыплются рыбьи потроха.

Под палубой:

— Это дерьмо, блин, воняет.

— На койках вам спать нельзя: от вас воняет, — заявляет Кэм, надевая непромокаемый костюм.

Эй-Джей усмехается:

— И где же нам спать?

— Убирайтесь в носовую каюту.

— Там паруса, идиот.

— Сам идиот: их можно подвинуть.

Влад садится на своей койке:

— Остыньте, парни, ладно?

— Да какая разница, — бормочет Эй-Джей и хватает меня за руку. — Идем, Оли.

Я следую за ним в носовую каюту. И за мгновение до того, как он захлопывает дверь, я замечаю, что Кэм пристально наблюдает за мной из-за камбуза. Его острый взгляд способен пронзить кожу.

Эй-Джей сдвигает паруса на край койки, освобождая место для одного тела. Яхта кренится, и мы стукаемся лбами. Его тихий смех щекочет мне щеку.

— Не сильно ушиблась?

— Нет.

— Отлично, — шепчет он, убирая спутанные волосы у меня с лица и улыбаясь в темноте одними глазами.

Потом он касается моего подбородка и осторожно приподнимает его большим и указательным пальцами. Наши губы соприкасаются.

Эй-Джей не спешит. И вдруг резко бросается в атаку.

Пихает мне язык чуть ли не в горло. Засовывает руку под мой промокший топ. Его ледяные пальцы стискивают мне грудь с такой силой, будто выжимают сок из лимона.

И сразу все краски желания, все нежные прикосновения, тихие слова, ямочки на щеках и улыбающиеся глаза гаснут, как фитиль, потушенный щипком большого и указательного пальцев. Эй-Джей — это злобный щипок. Мозолистая кожа. Давящая тьма.

Я отшатываюсь и вклиниваю в узкий коридор между нашими ртами сдавленное: «Подожди».

— Я и так долго ждал, чтобы поцеловать тебя.

— Эй-Джей, прекрати.

Он снова целует меня и щиплет за сосок с такой силой, что у меня перед глазами все розовеет.

Я задыхаюсь под его плотью.

— Ты охренeнно сексуальная.

Я делаю судорожный вдох. Воздух густой и влажный.

— Эй-Джей…

— М-м. — Он ухмыляется, облизывает губы. — Мне нравится, как ты произносишь мое имя.

— Прошу тебя!

Я чувствую, как у меня сжимается горло, из глаз брызжут слезы.

У него за плечом сквозь крошечный иллюминатор пробивается свет луны. Но здесь, внизу, гладкие серебристые лучи становятся серыми и колючими.

Я скучаю по ней. Ужасно скучаю по луне.

— Не надо…

Эй-Джей закрывает мне рот поцелуем.

Наваливается сверху. Придавливает к стене. Ведь девушки о таком и мечтают, верно?

Я извиваюсь… Пытаюсь вывернуться.

Он так сильно придавливает меня, что из глаз сыплются искры, и сквозь этот поцелуй с искрами из глаз я чувствую, как штаны падают на лодыжки и между ног свистит холодный воздух, леденящий, как суровая зима. Я натягиваю штаны обратно. Потом еще раз, и еще, и еще. Я составляю предложение собственными костями; пишу предложение собственным телом.

А потом Эй-Джей переворачивает страницу.

Я вообще существую?

«Это и есть изнасилование? Неужели меня собираются изнасиловать? Почему я не сопротивляюсь?» Сопротивляйся! «Я сопротивляюсь!» Нет, не сопротивляешься. Борись. Дай отпор. «Я не могу пошевелиться. Не могу дышать». Скажи что-нибудь. «Мне нечем дышать!»

Он проникает в меня пальцем.

У этой истории слишком много начал.

Первое — когда я увидела Эй-Джея на мачте: он смотрел на меня сверху вниз и свистел мне, а я улыбалась про себя. Второе — когда он помогал мне мыть посуду, наши руки соприкоснулись, и я хотела продлить это мгновение. Третье — когда я солгала, что занималась сексом в море. Загнула палец. Еще — когда я поссорилась с Адамом в ресторане и в конце концов, вдрызг пьяная, очутилась на яхте Мэка. Когда поймала отца на измене маме. А потом случился сегодняшний вечер, когда Эй-Джей поменялся с Кэмом, чтобы дежурить со мной ночью, и я обрадовалась. Пронзительный взгляд Кэма и захлопнувшаяся дверь. А потом — поцелуй, которого я так желала. Поцелуй, которого я ждала, поцелуй, который призывала. Конечно, призывала. Он же такой чудесный. Эй-Джей просто чудесный. Он мне нравится. Нравился. Тучи разверзаются.

И с неба сыплются рыбьи потроха.

Мой позвоночник скрежещет по жесткой стенке корпуса, о который бьются волны. Эй-Джей срывает с меня трусы. Вклинивает ногу мне между бедер, раскрывая меня. Раздвигая мою плоть. Расстегивает ширинку. Кусает меня за шею. Спускает шорты.

Это происходит.

«Это действительно происходит?»

Это действительно происходит.

А потом, ни с того ни с сего, во мне вспухает мысль. Это начало, новое начало, мое начало. Начало истории, которую я буду рассказывать себе, чтобы выжить.

«Если я займусь сексом прямо сейчас, это будет мое решение. Я сама его приму. Я собираюсь заняться сексом. Собираюсь заняться сексом с Эй-Джеем. Я прямо сейчас принимаю это решение. Мое решение. Мой выбор».

Мой выбор.

Ведь мы сами принимаем решение сделать вдох, не так ли?

Рыбья чешуя

Она прирожденная артистка, моя мама. Обожает все это. Любит шампанское, жемчуг и полированные ногти. Ее смех, накрашенные губы, длинные темные ресницы, трепещущие, как черные бабочки, — все идеально выверено. Словно кто-то незримый показывает ей карточки: «Смейся», «Улыбайся», «Хлопай ресницами».

Я громко хлюпала супом. Проливала вино. Смеялась, когда надо было всего лишь улыбаться. Улыбалась, когда следовало смеяться. Была позорищем.

И потому мама пыталась — боже, как она пыталась! — меня выдрессировать. Сядь прямо. Вытри подбородок. Смейся. Улыбайся. Хлопай ресницами.

Она покупала мне платья, туфли, носки в тон. Заплетала волосы в косички и завязывала на конце бантики.

Но потом мне исполнилось тринадцать, и у меня появились прыщи. Лицо пошло пятнами.

— Видно, в отца, — заявила мама. — У меня всегда была идеальная кожа.

И дальше разговоры были только о коже. О моей плохой коже. И о празднике. Празднике года. У нас дома. И о моей коже. И о празднике. «Что люди подумают?»

Мама повела меня по магазинам за косметикой, чтобы замаскировать и замазать. Правда, моя кожа, моя плохая кожа, очень плохо реагировала. Оказалось, у нее аллергия на косметику.

— Мам, чешется, — ныла я. Но она не слушала. Ее занимали прибывающие гости и стреляющие пробки от шампанского. Жемчуг и полированные ногти.

— Как слетали? Вам понравилось в Нью-Йорке?

К тому времени, когда мама повернулась, чтобы представить меня, все лицо у меня покрылось сыпью.

«Смейся. Улыбайся. Хлопай ресницами».

Меня отправили в ванную, где Мэй Грейс помогла смыть макияж, а затем отослали в мою комнату, где я пробыла до конца праздника.

«О да, бедняжка Лив неважно себя чувствует. Насморк. Должно быть, в школе подхватила».

На следующий день кожа начала шелушиться. Как рыбья чешуя, сохнущая на солнце. Воспаленная, красная, с белыми чешуйками.

Но то были сущие пустяки по сравнению с моим теперешним состоянием.

Я стягиваю трусы, яхта кренится. Меня швыряет к стенке. Яхта скользит по склону волны. Меня отбрасывает на унитаз. Я раздвигаю ноги, наклоняюсь посмотреть.

Кожа стерта. Она красная, воспаленная. Шелушащаяся. Как рыбья чешуя, сохнущая на солнце. Я начинаю мочиться и ощущаю сильное жжение. Вагина пылает, словно я лежу на палубе, раскинув ноги, открытая испепеляющему солнцу. Выставленная на всеобщее обозрение. Я рыдаю, зажав рот ладонью, чтобы никто не услышал моих всхлипываний.

Никто из парней и не подумал убрать с пола камбуза разбитые тарелки.

— Надо запирать шкафчики, Оли, — разглагольствует Зак, стоя надо мной, пока я подметаю осколки. — Это первейшее правило.

— Я запирала, — отвечаю я.

«Я уверена, что запирала. Во всяком случае, мне так кажется. Я всегда их запираю. Правильно? Я уверена».

— Понятно же, что нет, — ворчит он, натягивая пляжные шорты.

В люк просовывает голову Хантер:

— Что на завтрак?

— То, что можно есть руками, — отвечает Зак.

— Как это? Почему?

— Оли не заперла шкафчики, и все тарелки разбились, когда мы чуть не наскочили на кита. Не понимаю, как ты умудрился проспать такое шоу.

Хантер качает головой.

— Это ведь правило номер один, когда работаешь на камбузе, Оли.

— Мне уже сообщили, — цежу я, подметая последние осколки. — Сейчас сделаю сэндвичи.

На палубе я выдаю сэндвичи Хантеру и Заку. Влад и Кэм в трюме, отсыпаются. В кокпите появляется Эй-Джей с канистрой, с которой на палубу капает масло.

Он поднимает канистру:

— Протекает.

— Выбрось ее, — велит Хантер.

Эй-Джей пожимает плечами и швыряет испорченную емкость за борт. Та с плеском шлепается на воду и начинает медленно тонуть; масляное пятно кружится по поверхности, как однажды произнесенные слова.

Эй-Джей перегибается через борт, смывает с рук масло, затем устраивается в кокпите. Когда я отдаю ему сэндвич, Эй-Джей подмигивает мне. Мелькает мысль о противном третьем веке, заволакивающем глаз ящерицы. Меня передергивает.

— Я все видел, — заявляет Хантер. — Тошнит от вашего флирта.

— Романтика на борту запрещена, — подхватывает Зак.

Эй-Джей смеется ядовито-зеленым смехом, проникающим мне под кожу. Внутрь меня.

— По-моему, уже слишком поздно, — ухмыляется Хантер, указывая на мою шею.

— Чтоб вас, — бормочет Зак.

— Тили-тили-тесто, — начинается напевать Хантер.

Эй-Джей щелкает его по уху.

— Как маленький, — говорит Эй-Джей, и Хантер глупо хихикает.

Я пересекаю кокпит и сажусь за штурвал рядом с Заком. Когда прохожу мимо Эй-Джея, он шлепает меня по заднице. Я дергаюсь. Хантер ржет во всю глотку.

— Думаю, сегодня надо попытаться наловить рыбы, — замечаю я, отчаянно желая сменить тему.

— Прекрасная идея, Оли, — соглашается Зак, встает и вынимает из-под сиденья две рыболовные катушки. — Устроим состязание?

— Эй-Джей его уже выиграл, — умудряется выдавить из себя Хантер, а затем снова заходится хохотом.

На этот раз Эй-Джей тоже смеется.

— Да-да, — сухо цедит Зак. — Очень смешно. — Он ставит катушки на борта: одну на левый, другую на правый. — Наша с Оли катушка голубая. Вам, идиотам, остается красная. Проигравший потрошит рыбу.

— Что за наказание такое? — ухмыляется Эй-Джей. — Я с удовольствием распотрошу рыбоньку.

Хантер покатывается со смеху.

— Чувак, ты попал.

— А слыхала про самый клевый способ убить рыбу? — осведомляется у меня Зак.

— Залить ей жабры спиртным, — говорю я.

— Откуда ты знаешь?

— Друг рассказал.

Зак кивает и снова садится рядом со мной.

— Я тебя недооценил, — говорит он тихо, чтобы те двое не услышали.

Открываю рот, чтобы ответить: «Да, это точно...», но не успеваю произнести ни слова, как леска за спиной у Зака натягивается, ослабевает и снова туго натягивается. Он вскакивает и кричит:

— У нас уже клюет!

Хантер говорит:

— Пойду принесу ром, — и ныряет в трюм. К тому времени, как он возвращается на палубу, Зак уже бросает рыбину в кокпит. Хантер откручивает пробку.

— Мы не тратим ром впустую, — ворчит Эй-Джей, отпихивая Хантера. Он наклоняется и откручивает рукоять лебедки. — Давай сюда, — говорит он Заку, который пинает добычу через весь кокпит.

Наблюдая за трепыхающейся тушкой, я думаю, что ром Хантера мгновенно положил бы конец ее страданиям. Прямо в жабры. Любо-дорого. Ведь три минуты — это ужасающе долгий срок, когда не можешь дышать.

И даже не ведаешь, сколько времени еще мучиться. Три минуты — это омерзительно долго. Ведь дело не только в половом акте, каким бы болезненным и тягостным он ни был. Это захват твоего пространства, вторжение в твой дом. Осквернение. Тебя растягивают под чужой размер, распяливают и распинают.

Распинают и другими способами, заставляя часами лежать без сна, скребя своим дыханием тебе по шее, точно соскабливая ножом с твоего склизкого тела рыбью чешую. Ты покорно лежишь без сна и просто ждешь восхода солнца, из тебя сочится сперма, и ты ждешь, когда зайдет луна, потому что не вынесешь, если она увидит тебя такой.

Было бы гораздо милосерднее просто влить алкоголь тебе в жабры, прямо в мозг.

Но он этого не делает. Эй-Джей не хочет тратить ром впустую, поэтому колотит по рыбине рукоятью лебедки. Снова и снова. Потому что чертова гадина не перестает извиваться. И даже когда рыба с изуродованной мордой и вдавленной головой обмякает, я не уверена, что она не почувствует, как из губы у нее выдернут крючок, не испытает жгучую алую боль, когда с нее начнут соскабливать одну за другой все чешуйки. Чешуя, похожая на осколки стекла, плавает в луже крови, поблескивая на солнце.

Под палубой Кэм слезает со своей койки. Он трет глаза, смотрит на меня, постепенно фокусируя взгляд.

— Что это, черт возьми, у тебя на шее?

Я трогаю шею, нащупываю след от укуса. Зримое свидетельство «любви», впившейся зубами мне в глотку.

— Это ведь Эй-Джей, верно?

Киваю.

— Ты занималась с ним сексом?

— Это он занимался сексом со мной.

А может, следовало сказать: он занимался сексом на мне, во мне. Он сунул внутрь свой член. Сунул в меня. Ему пришлось применить силу, потому что его не пускали.

Такое случается, ты же знаешь. Створки раковины захлопываются, розовые губы сжимаются, защищая черную жемчужину. Запершись, замкнувшись, сжавшись, я закрылась. А потом застонала, потому что решила, что буду заниматься сексом. Сделала выбор в пользу секса. Надо издавать стоны, когда решаешь заняться сексом. Ты стонешь, когда тебе хорошо, о, так хорошо, что даже ноги дрожат. Тело содрогается. Изо рта вырывается стон. Ты стонешь, когда кто-то занимается с тобой сексом и входит так глубоко, что, положив ладонь на живот, можно почувствовать его толчки, его движение внутри. И ноги дрожат, потому что он так глубоко. Я тону в глубоком синем океанском иле. Таком глубоком, что барабанные перепонки вот-вот лопнут. А тело содрогается, потому что я боюсь, что он прорвется наружу, проткнув мне пупок, и прижимаю ладонь к животу, пытаясь предотвратить разрыв.

— Ты что, блин, серьезно? — взрывается Кэм. Он в ярости.

Я облегченно выдыхаю... Мое тело услышали. Меня услышали. Он слышит меня.

— Да.

Кэм качает головой и говорит:

— Как ты могла так меня кинуть.

— Погоди, что?!

— Я же почти влюбился в тебя! — рычит он, выплевывая слова мне в лицо. — А теперь придется каждый день видеть его физиономию. Вы что, не могли подождать хотя бы до конца рейса?

— Это он занимался со мной сексом, — повторяю я.

— И что? А ты будто не хотела?

Я не отвечаю. Набираю в рот воды.

— Ты на это намекаешь?

Цвет безмолвия — омерзительно желтый.

— Что он изнасиловал тебя?

— Я такого не говорила.

— Так он тебя не насиловал?

— Дело не в этом, — говорю я, держась за живот, из которого что-то рвется наружу. — Это... сложно.

Все было черно-белое, когда я в четвертый раз подтянула штаны и сказала: «Хватит». А потом серое, когда я сняла топ и нагнулась, отставив зад. Когда я взяла его в рот, потому что это не так больно. Черно-белое, когда он так сильно толкнулся мне в горло, что я поперхнулась и меня вырвало прямо в рот.

— Было нечто среднее.

Кэм говорит:

— Он тебя либо насиловал, либо нет.

Я говорю шепотом. Но мне хочется орать.

— Мы посреди гребаного океана, Кэм! Я не могу использовать это слово.

Изнасилование.

Слово «изнасилование» — самого темного красного цвета, который я когда-либо видела.

— Оли, если он изнасиловал тебя, я его прикончу.

— О чем и речь! Стоит произнести это слово, и дерьмо хлынет на вентилятор.

— Но если он сотворил такое, то должен быть наказан.

Я чувствую в себе Эй-Джея.

— Не надо мне ничего. — И заливаюсь слезами.

— Ну, так зачем тогда ты мне рассказала?

Держась за живот, я говорю:

— Ты сам спросил. — Я снова сажусь на койку и складываюсь пополам.

— Даже не знаю, верить тебе или нет.

— Что?

Я чувствую Эй-Джея. Он во мне. Во мне! Я не могу дышать. Он во мне. Как дурная кровь, как свернувшееся молоко. Сломанное ребро пульсирует.

Я ощущаю на себе запах его спермы, липкой спермы на шелушащейся коже, на соскобленной рыбьей чешуе. Вспорите рыбе брюхо и выньте потроха. Вспорите мне живот. Посмотрите, как он кровоточит. Рыбьи потроха. Это дерьмо воняет.

— Ну, например, я не понимаю, жалеть тебя или презирать.

— Просто поверь мне.

Кэм смотрит мне прямо в лицо. Этот пронизывающий взгляд способен пробить кожу. Что происходит, когда прокалываешь булавкой глазное яблоко? Оно лопается? Брызжет во все стороны? Я представляю свое глазное яблоко похожим на воздушный шарик с водой, наполненный слизью и омерзительно желтой жидкостью — омерзительно желтой, как мое молчание, как безмолвие. Воткните булавку мне в глаз, мое глазное яблоко лопнет, и мерзкая жидкость хлынет по щекам, как рыбьи потроха с небес.

Кэм качает головой.

— Кажется, не верю… Если ты была против, почему просто не закричала?

Рыбья кровь

На море растяжки.

Почему я просто не закричала?

Я ворочаюсь на своей койке.

Беспрестанно.

С боку на бок.

Почему я просто не закричала? Эти слова так и звенят у меня в ушах.

Беспрестанно. Так же беспрестанно я подтягивала штаны.

Какое бессердечие.

Почему я просто не закричала?

Разве услышат мой крик, когда Эй-Джей находился всего в нескольких дюймах от меня и не услышал моего «нет».

Будто этого хватило бы.

Крика.

Будто он меня спас бы.

Я опять переворачиваюсь на своей койке.

И чувствую влагу. Влагу между бедер.

— Вот черт, — шепчу я, садясь и раздвигая ноги. Трусы промокли насквозь. Вся койка испачкана.

Я смаргиваю, и по щекам текут слезы.

Слезаю с койки и спешу через каюту в туалет. Взяв пригоршню туалетной бумаги, снимаю трусы, подтираюсь и выбрасываю окровавленную бумагу в унитаз.

Мгновение спустя до меня доходит, что я натворила.

— О боже, — бормочу я, — вот идиотка!

Пытаюсь выудить бумагу из унитаза. Но она уже начала размокать и расползаться на части. Я достаю самые большие комки и сую в пластиковый пакет, который мы используем вместо мусорного ведра. Надеюсь, мне повезет и остальное получится смыть.

Я передвигаю рычаг вправо и наполняю чашу унитаза свежей морской водой. Затем снова передвигаю рычаг и начинаю накачивать воду. Поначалу все идет хорошо. Но только поначалу.

— Твою же мать!

Я чувствую между бедер влагу, чувствую, как она стекает по ноге. Судно покачивается, и дверь туалета распахивается. Я практически вываливаюсь оттуда и хватаюсь за раковину, чтобы удержаться. Дверь с резким стуком захлопывается. Меня передергивает.

Отрываю новый кусок туалетной бумаги и вытираю ногу. Засовываю комок в промежность и сжимаю бедра, чтобы удержать его там. Снова пытаюсь откачать воду, но все без толку. Унитаз засорился.

Я закрываю крышку и бегу к своему рюкзаку, хранящемуся за навигационной станцией. Роюсь внутри, нахожу четыре тампона. Месячные начались рано. Слишком рано. Я не готова. Такого еще не случалось. Вернувшись в туалет, выбрасываю окровавленный комок бумаги в мусорный пакет и, захлебываясь безудержными слезами, вставляю тампон.

Я чувствую, как он входит. Медленно. Ощущаю каждый его дюйм. Его сухую, грубую, ребристую поверхность. Мышцы сжимаются. Створки раковины захлопываются. И мне приходится поднажать, чтобы протолкнуть тампон внутрь.

Выбрасываю окровавленные трусы в мусорное ведро на камбузе и начинаю готовить завтрак. Варю последнее яйцо. И перехожу к непортящимся продуктам. Достаю коробки с хлопьями и мини-упаковки молока длительного хранения. Поскольку у нас не осталось тарелок, наливаю молоко в пакеты из-под хлопьев и раздаю их вместе с ложками.

— А сама не собираешься есть, Оли? — спрашивает Зак.

Я вру, что уже поела.

У меня урчит в животе. Я прижимаю к нему ладонь и сильно надавливаю. Заставляю свое тело замолчать. Потому что чувство опустошенности лучше, чем вторжение.

После завтрака Хантер, который последним нес вахту, уходит под палубу спать.

— Что за хрень! — орет он из каюты.

Остальные парни бросаются через кокпит к люку.

— Что там? — спрашивает Влад.

— У меня вся койка в чем-то черном!

Влад исчезает в люке, остальные следуют за ним.

— Это кровь! — восклицает Влад.

Я слышу, как Зак спрашивает:

— Кто спал на этой койке?

— Оли, — отвечает Эй-Джей.

Я задерживаю дыхание.

— О боже, — наконец произносит Зак. — Это, наверное, менструальная кровь.

Хантер орет:

— Фу, гадость!

Я подтягиваю к себе колени и сворачиваюсь калачиком. Пытаюсь сделаться как можно меньше. Сжаться. И не шевелиться.

Затем в передней части каюты поднимается еще большая суматоха. Из-под палубы доносятся приглушенные голоса. Кто-то обнаружил в туалете засор. Морскую воду с кровью.

Влад поднимается на палубу с побагровевшим лицом. Он в бешенстве.

— Что, черт тебя подери, ты сотворила с унитазом? — вопит он. — Мы все им пользуемся.

— Простите, мне ужасно жаль. Не сообразила, — лепечу я, обретая дар речи. — Я пыталась его прочистить.

— Попытка не удалась, — рычит он и бормочет себе под нос: — Так и знал, что с тобой не стоит связываться.

Через люк в кокпит вылезают остальные парни. Они окружают меня, словно морские стервятники.

— Да уж, — говорит Кэм, — вышло фигово.

Слезы льются из глаз дождем.

— И где нам теперь справлять нужду? — спрашивает Хантер.

— Да, мне как раз нужно, — подхватывает Зак.

— За борт, вероятно, — огрызается Влад.

— Мне ужасно жаль!

Кэм злобно косится на меня:

— Надо думать!

Я встаю.

— Попытаюсь починить.

— Мерзость! — визжит Хантер.

Я оборачиваюсь и вижу красное пятно на том месте, где я только что сидела.

— Оно воняет, — говорит Кэм.

— Отвали, — огрызаюсь я. — Что за бред!

— Воняет рыбьей кровью! — заявляет Хантер.

Эй-Джей смотрит на меня:

— Ну и что нам с тобой делать?

— Посадим ее в шлюпку, — предлагает Хантер, и они с Эй-Джеем разражаются хохотом.

— Это первая светлая мысль, которая пришла тебе в голову за весь рейс, — усмехается Кэм.

— Вы же не всерьез? — говорю я.

— И правда, хватит, — вмешивается Зак. — Хорош шутить.

Улыбка Кэма гаснет.

— А я и не шучу.

Хантер перестает смеяться.

— Кэм, подожди, — говорит он. — Я просто прикалывался.

— А я абсолютно серьезно.

Я смотрю ему в глаза.

— Ты урод.

— Что ты сказала? — спрашивает Кэм, и его лицо искажается. Подергивается от ярости. Он сгребает меня за плечи, другой рукой подхватывает под бедра и поднимает в воздух.

— Пусти! — ору я.

Кэм стискивает мне бедра. Кричит что-то Хантеру, веля ему поднять шлюпку.

— Прекрати! — кричит Зак. — Не трогай ее!

Кэм не обращает на него внимания.

Я поворачиваю голову и вижу на корме Хантера. Он застыл на месте, как оглушенная рыба.

— Давай, Хантер! — ревет Кэм.

Сквозь Хантера словно пропустили электрический разряд.

— Живо!

Хантер неохотно начинает поднимать шлюпку к корме.

— Отпусти меня! — ору я, колошматя Кэма кулаками по спине. Я извиваюсь, пытаюсь вырваться. Царапаюсь. Он еще крепче стискивает меня и одновременно продвигается к корме.

— Ну хватит! — кричит ему Зак. — Так нельзя!

Я смотрю через плечо Кэма и вижу, как Эй-Джей со всей силы толкает Зака. Тот падает обратно на палубу.

Я ловлю взгляд Зака. Безмолвно умоляю его: «Помоги!»

Но он ретируется в кокпит.

— Кэм, ну пожалуйста! — Я начинаю всхлипывать. — Прошу тебя!

Он впивается пальцами в мою плоть.

— Заткнись, — рычит он. — Шлюха безмозглая.

Хантер уже поднял шлюпку.

Кэм оглядывается на Влада, который все еще стоит в кокпите, бесстрастно наблюдая за происходящим.

— Влад! — ору я. — Влад!!!

Капитан переводит взгляд с меня на Кэма и ничего не говорит. Кокпит захлестывает омерзительно желтая тишина.

— Чертов выродок! — кричу я, и у него расширяются зрачки. Мой оскорбительный выкрик потрясает его. Он вздрагивает. И отворачивается.

Кэму этого сигнала достаточно.

Он грубо швыряет меня в шлюпку с метровой высоты.

Я приземляюсь на бок, и глаза застилает фиолетовая вспышка. Тем временем шлюпку спускают на воду, и она отплывает все дальше, пока я не оказываюсь в нескольких метрах от яхты, точно пойманная рыба на конце лески.

Ближе к вечеру тучи расходятся.

Хантер свешивается над кормой и испражняется. Дерьмо падает в воду и проплывает мимо шлюпки. С кокпита доносится хохот.

Теперь у меня пересохло в горле. Солнце нещадно палит, вытягивая из меня влагу. Словно краску из обесцвеченного коралла. Я хватаюсь за веревку и начинаю подтягивать лодку к судну. Хантер замечает это и указывает на меня, шепча что-то остальным.

Кэм, стоящий в задней части кокпита, хватает рыбный нож, опускается на колени и угрожает перерезать веревку. Лицо его искажает злобная ухмылка.

Я отпускаю веревку. Она уходит под воду и сразу же туго натягивается.

Я отворачиваюсь от яхты. Пытаюсь разглядеть что-либо в монохромном пространстве. Океан похож на картину. Он навевает тоску.

Я думаю о ее теле. О ее воспоминаниях и желаниях. О Робин, растворившейся, словно льдина в сумраке. И тут меня осеняет. Насколько легко просто ускользнуть. Ведь мы сами принимаем решение, не так ли?

Поднимается ветер, дующий в корму. Гик[15] вынесен за борт. Влад поворачивает штурвал вправо, затем влево, чтобы уменьшить качку.

Я устраиваюсь на банке. Несмотря на жару, меня трясет. Из меня вытекает кровь, которая кажется темно-красной на белом сиденье. Я обхватываю себя руками. Держу себя в руках. Как будто, если их убрать, мое тело распадется на части.

Я вижу, как Влад уходит с кокпита и спускается в трюм. У штурвала встает Хантер. Он далеко не так опытен, как Влад, и яхта начинает сильно крениться набок. Вскоре нок[16] уже касается воды.

Я смотрю, как он покачивается вверх-вниз, с каждым разом все глубже ныряя в море.

Слишком глубоко. Паруса обвисают. Мимо меня проносится порыв ветра. Он мрачной зыбью пробегает по океану между шлюпкой и яхтой. Достигает кормы. Взвивается. Наполняет паруса. И тут что-то трещит.

Гик издает синий хруст, грохот рикошетом разносится по воде и улетает в никуда.

На борту поднимается крик. Вопль.

В кокпит врывается Влад, за ним Эй-Джей. Наконец и остальные собираются в кокпите и мечутся по нему, словно крысы.

— Вот зараза, — бормочу я, глазея на сломанный гик.

---

[15] Упирающийся одним концом в мачту горизонтальный шест, к которому крепится нижняя кромка паруса.

[16] Дальний от мачты конец гика.

Я начинаю подтягиваться к корме, борясь с кильватером. Жутко саднит ладони, но я продолжаю выбирать веревку; торс сводит судорогой, но вот уже я у кормы и тяну руку к лееру.

Цепляюсь одной рукой за борт, другой взмахиваю, чтобы сохранить равновесие, затем хватаюсь за трап и поднимаюсь на палубу.

Зак и Эй-Джей опускают паруса. Кэм стоит у штурвала, отчаянно пытаясь выровнять яхту. Влад орет на Хантера. Мои уши терзает оглушительный желтый шум. Мерзкий, панический.

Я бегу на левую палубу, чтобы осмотреть повреждения.

— Убирайся оттуда! — кричит мне Влад.

— Страховочный трос был привязан к оттяжке гика! — кричу я.

Эй-Джей спрыгивает в кокпит.

— Ну да, как и должно быть!

— Нет! Надо привязывать его к ноку. Иначе вот что получается. Гик ломается!

— Откуда тебе знать? — огрызается Хантер.

Этот вопрос пригвождает меня к месту. А потом я вспоминаю все остальные вопросы. Один за другим. «Ты уверена, Оли?», «Ты раньше когда-нибудь работала на яхтах, Оли?», «Разве ты не знаешь, что нужно запирать шкафчик, Оли?», «Так он тебя изнасиловал или нет, Оли?», «Почему ты просто не закричала?».

— Потому что я не идиотка! — ору я. И продолжаю орать. Пока вопли не сливаются воедино.

— Заткнись! — ревет Влад. — Закрой свой поганый рот! Вставай!

— Да пошел ты, Влад! — ору я. — Это ты во всем виноват.

— Все, с меня хватит, — говорит он, вскидывая руки. И, оттолкнув с дороги Хантера, хватает меня за запястье и тащит вниз, в кокпит, к люку, впиваясь пальцами мне в кожу. Он толкает меня вперед, вниз по трапу, под палубу, и волочет через трюм в переднюю каюту. Там он поднимает меня в воздух и швыряет. Я приземляюсь между сложенными парусами и удочкой. Задыхающаяся. Хватающая ртом воздух.

Когда дверь с грохотом захлопывается, я вскакиваю. Пытаюсь вырваться наружу, но Влад наваливается на дверь с другой стороны. Его вес против моего.

Я кричу:

— Выпусти меня! Ну нельзя же так! Влад! Пожалуйста! Выпусти меня! Открой дверь! Пожалуйста. Пожалуйста, — умоляю я.

«Пожалуйста». Но это его слово против моего.

Рыбий пузырь

На каюту падает ночь. Обрушивается. Как водопад.

Вокруг меня повсюду мешки с парусами. Я сворачиваюсь клубочком и думаю о словах, сказанных мне кем-то когда-то. В другое время. На другом море. Мимоходом. О том, как не замечаешь темноты, пока тебя не окружит непроглядная мгла. И только когда включат фонари, ты оглядишься и подумаешь: «Черт, как же быстро стемнело».

Вот и сейчас вокруг абсолютная тьма. Так темно, что я не могу сказать, открыты у меня глаза или закрыты. Луна погасла. Звезды за миллион миль отсюда. Кромешный мрак. И если бы не мерный рокот мотора, я бы решила, что умерла.

В этой непроницаемой тьме не видно, что каюта едва ли шире размаха моих рук и что у стенки свалены рыболовные снасти. Не видно ни складок на парусах, ни пятен спермы Эй-Джея на матрасе. В этой непроницаемой тьме я в такой же безопасности, как мертвецы. В полузабытьи мне чудится, что земля ходит ходуном. Туда-сюда, туда-сюда.

Но вот я наконец прихожу в себя. У меня на подбородке засохла слюна, а в зубах застряли ворсинки, я размыкаю опухшие веки и вижу солнце в потолочном окне прямо над головой. Солнце в небе покачивается взад-вперед, и я понимаю, что земля действительно ходит ходуном. Приподнимаюсь на локте. В висках стучит, будто меня огрели кирпичом. Я озираюсь по сторонам и, пока взгляд фокусируется, жду, когда все происходящее обретет смысл. Но смысл ускользает. Стены почему-то изогнуты, само помещение не шире кровати — если это вообще можно назвать кроватью. Я лежу на тонком, как вафля, матрасе, втиснутом между огромным холщовым мешком и удочкой. Снаружи доносится странный перестук, и, когда я поднимаю взгляд, солнце все еще покачивается. Я чувствую, как теснит в груди; дыхание мечется в грудной клетке, как в западне, и не может вырваться. Где я, черт побери?!

Я могу быть где угодно. В любом времени. На любом море.

Но тут я чувствую влагу. И когда смотрю на красную жижу у себя между ног, все встает на свои места, и кусочки пазла укладываются ровными рядами, как рыбья чешуя.

Никаких морских роз. Я на «Посейдоне».

У меня ноет в животе. Мне нужно в туалет. Вылезаю из постели. Слышу голоса под палубой. Это Кэм и Эй-Джей. Я барабаню в дверь кулаками. Голоса стихают.

Я перестаю колотить. Делаю минутную паузу. Прислушиваюсь.

— Не обращай на нее внимания.
— Она совсем обезумела.

Я ору.

А потом снова проваливаюсь в себя. Рыбий пузырь опорожняется, пропитывая матрас.

Мэгги, жаль, что вы мне этого не сказали. Что в море никто не слышит, как ты кричишь.

Медуза

Мутные черные глаза. Медуза. Я кусаю. Погружаю клыки. В его руку.

Плоть набухает лиловыми венами. Лопается. Сочится ярко-зеленым ядом. Будто змеиные глаза, что превращают людей в камень. В статуи. Выстроившиеся в ряд под палубой.

Судно кренится. Я резко просыпаюсь.

Слышатся чьи-то шаги. Дверь распахивается настежь. Порыв свежего воздуха волной окатывает меня. Я делаю глубокий вдох.

Влад оглядывает меня с ног до головы, на лице у него отвращение.

— Мы будем в оклендской гавани через час, — цедит он и уходит. Медуза. Вся в крови и моче.

Когда я выползаю из носовой каюты в трюм, вся команда находится наверху, в кокпите. Я нашариваю в сумке тампон и свежую одежду и переодеваюсь за навигационной станцией, опасаясь, что, если вернусь в каюту, дверь за мной снова захлопнется. Навсегда.

Когда я выхожу на палубу, на дневной свет, то не произношу ни слова.

Царит мертвая тишина, даже мое дыхание беззвучно.

Надо мной — принайтовленный сломанный гик. Влад, стоя у штурвала, ведет яхту в гавань.

Когда мы причаливаем в Окленде, Хантер говорит Кэму:

— Ждешь не дождешься встречи с Эми?

Кэм пожимает плечами:

— Младенец убивает всю романтику.

— Кто такая Эми? — спрашивает Зак.

— Его невеста, — объясняет Хантер.

Кэм косится в мою сторону. Меня передергивает.

— У вас есть телефон? — спрашиваю я барменшу в яхт-клубе.

— Прости, дорогуша. Что ты сказала?

— У вас есть телефон?

Она качает головой.

Я чувствую, как на глаза наворачиваются слезы.

— Можешь воспользоваться моим мобильным, если желаешь.

Я киваю. Набираю номер, подношу телефон к уху. Звонок срывается.

Я снова набираю номер.

Мэгги берет трубку после четвертого гудка.

— Алло?

Я пытаюсь начать разговор, но ничего не выходит.

— Алло? — повторяет она.

Я начинаю всхлипывать.

— Оли? — восклицает Мэгги, тут же встревожившись. — Оли, это ты?

Я делаю глубокий вдох.

— Вытащите меня отсюда.

ПУСТЫНЯ

Бледно-голубой песок

Меня это бесит. Когда ищешь и не находишь. Я прочесываю взглядом бар, затем диваны. Прохожу в следующий зал. Выглядываю в пивной уголок под открытым небом. На лицах, которых я не знаю, играют полуулыбки. Я надеюсь, что одно из этих лиц улыбнется мне в ответ. Надеюсь, что одно-единственное нужное лицо оживится и раскроется мне навстречу.

И зачем я позволила Наташе себя уговорить?

Пивной уголок в «Робком фулбеке» многоуровневый, сплошь деревянная отделка и пышная растительность. Высокие пивные бокалы и клубы дыма.

Почему она предложила для свидания вслепую именно этот паб?

Я замечаю парня, сидящего в одиночестве за пинтой пива. Едва заметно улыбаюсь. Он ухмыляется. Приблизившись, я спрашиваю:

— Хьюго?
— Как скажешь.
— Что?
— Подсаживайся, и я буду кем захочешь.

Я закатываю глаза, отворачиваюсь и толкаю дверь, ведущую обратно в паб. Помещение переполнено. Какой-то парень, стоящий ко мне спиной, подается назад и наступает мне на ногу.

— Извините, — бормочет он.

— Ничего страшного, — говорю я, протискиваясь мимо него. «Это была плохая идея», — думаю я, огибая бар и направляясь к выходу.

А потом краем глаза замечаю его. Мужчину с таким же потерянным видом, как у меня, и бегающим взглядом. Ищущим, но не находящим. На нем джинсы и футболка. И расстегнутая зеленая флисовая куртка. Жидкие каштановые волосы, круглые очки и две серьги в левом ухе.

Он меня пока не заметил. Я все еще могу уйти. Но что-то удерживает меня. То, как он держится. Парень высок и худощав, однако немного сутулится. Словно всю жизнь пытается казаться ниже. Очаровательная скромность.

Я ловлю его взгляд. Его лицо оживляется и раскрывается мне навстречу. Парень с облегчением вздыхает, и я чувствую, что он устремляется ко мне на волне. На теплой волне волнения и душевного трепета. То же самое я испытывала, когда ныряла в океан и вода расчесывала мне волосы, слизывая их с плеч, так что они распутывались и расплывались в стороны.

Он пробирается сквозь толпу, не сводя с меня глаз. Подойдя ко мне, протягивает руку. Я протягиваю в ответ свою. Мы оба дрожим.

— Наконец-то, — произносит он.
— Наконец-то, — улыбаюсь я.

Мы выносим наши бокалы с вином в пивной уголок, находим свободный столик под пальмовыми листьями и шапками плюща. На улице холодно, и во время разговора мы выдыхаем в воздух крошечные облачка пара.

— Давно ты работаешь у Наташи? — спрашивает Хьюго.

— Уже почти два года.

— Ого!

Я смеюсь.

— С твоей сестрой работать нелегко.

— Ага, слышал.

— Но оно того стоит. Наташа беспощадная и... бесстрашная. Это очень вдохновляет.

Хьюго улыбается:

— Надо думать.

Я делаю глоток вина.

— А раньше? — спрашивает он.

— В смысле?

— Я имею в виду, до Наташи ты где работала?

— В небольшой коммерческой галерее в Гринвиче.

— Какой именно?

— В галерее Уиллоу.

— Я ее знаю, — кивает он. — Это очень круто.

Я пожимаю плечами.

— Мне повезло.

— Что ты имеешь в виду?

— В конце восьмидесятых моя подруга открыла галерею вместе с Линди.

— Линди Харрс! — восклицает Хьюго. — Еще одна беспощадная женщина.

— Это точно. Вообще-то я жила у нее, когда впервые приехала в Лондон.

— Тебе действительно повезло, — говорит он с мягкой улыбкой. — Так кто же та подруга, которая свела тебя с Линди?

— О, это Маргарет Уокер.

— Мэгги? Ты ведь знаешь, что она была наставницей моей сестры, да?

— Конечно, знаю. Наташа пришла на первую выставку, которую я помогала делать в Уиллоу, мы разговорились и выяснили, что обе знакомы с Мэгги... Кажется, Наташина ассистентка тогда как раз переехала, то ли в Нью-Йорк, то ли еще куда-то. Так или иначе, неделю спустя твоя сестра предложила эту должность мне.

— Пожалуй, я рад, что так вышло.

— Почему?

— Потому что иначе я, видимо, не встретил бы тебя.

Я чувствую, как у меня вспыхивают щеки. И отвожу взгляд.

— Ты знаешь, что это была моя идея? — спрашивает Хьюго.

— Что? Свидание вслепую?

Он кивает, смущенно улыбаясь.

— Вообще-то мы вроде как встречались в прошлом году.

— Ха! Правда? — спрашиваю я и тут же жалею, что так явно выразила удивление.

— На вернисаже в Ташиной галерее, — поясняет он, поигрывая подставкой для пива. — Я приезжал домой на каникулы.

— На чьем вернисаже?

— Кейт Баллис[17].

— Я там была. Конечно. Мне кажется, нас друг другу не представляли, хотя... Неужели представляли?

Хьюго мотает головой.

— Нет. Но я тебя видел. — Он оставляет подставку в покое, поднимает взгляд и смотрит на меня. — Я тебя видел и захотел с тобой познакомиться.

И в его улыбке, в легкой сутулости плеч, в теплом, мягком голосе есть нечто такое, благодаря чему время течет само собой. Мне не нужно держать себя в руках. Вообще не нужно ничего держать. Потому что Хьюго открыл для меня пространство, в котором можно расслабиться.

Когда я возвращаюсь из туалета, за столом нас с Хьюго ждут два новых бокала вина.

— Только больше не заказывай, — предупреждаю я.

Он пожимает плечами:

— Да мне нетрудно.

— Пытаешься меня подпоить?

Хьюго распахивает глаза:

— Нет, что ты!

Я сажусь.

— Шучу. Извини. Дурацкая шутка.

— Да, не лучшего пошиба, — усмехается мой собеседник.

---

[17] Известная австралийская фотохудожница.

— Расскажи о себе, — предлагаю я, желая сменить тему. — Поведай свою историю.

— Свою историю? Ха! Боюсь, ты заскучаешь...

— Не заскучаю.

— Что ты хочешь знать?

— Наташа сказала, ты недавно вернулся из Штатов. Что ты там делал?

— Защищал кандидатскую в Беркли.

— В какой дисциплине?

— Окружающая среда, — говорит он. — Исследовал трансформацию пустынь в результате климатических изменений.

— И что же ты выяснил?

— Что трудно хорошо относиться к человечеству.

Я откидываюсь на спинку стула.

— В каком смысле?

— Некоторым из нас свойственно прямо-таки хищническое поведение. И что еще хуже, людям, стоящим у власти, похоже, плевать.

— Некоторым не плевать, — возражаю я.

— Этого недостаточно.

Я делаю еще один глоток вина.

— Вот почему твоя работа так важна, — добавляет Хьюго.

— Моя? Я же работаю в модной художественной галерее. Чем это важно?

— Искусство влияет на людей, Оли. Я нахожу факты, а искусство разъясняет их на понятном людям языке. В конце концов, будь мы исключительно рассудочными существами, не вляпались бы в такие неприятности.

Пожимаю плечами:

— Я ведь не художник.

— Да, но именно ты решаешь, чью работу увидят. Это власть.

Я допиваю вино и смотрю на Хьюго: не захочет ли он еще, но он едва прикоснулся к своему бокалу.

— Тебе не нравится вино? — спрашиваю я.

Он улыбается. Пожимает плечами.

— Просто изо всех сил пытаюсь тянуть время.

Тут, как по команде, к столу подходит охранник:

— Извините, ребята. Пора закругляться.

Я смотрю на часы.

— Ого, — улыбаюсь я. — За увлекательной беседой время летит незаметно.

Хьюго встает, оставляя на столе почти полный бокал вина, и мы берем свои шарфы.

Когда я обматываю шарф вокруг шеи, он случайно цепляется за длинную висячую сережку. Хьюго помогает мне отцепить его.

— Спасибо, — говорю я.

Он приподнимает сережку и рассматривает ее.

— Мне нравится.

— А мне нравятся твои, — отвечаю я.

— Давай меняться... одно из моих колечек на твою висюльку. — Он ухмыляется. — Тогда тебе придется снова со мной увидеться.

Я чувствую, что снова заливаюсь краской, и лепечу:

— А я и не против.

Хьюго расстегивает одно колечко и отдает мне, а на его место вставляет мою сережку. Потом театрально крутит головой, и она раскачивается взад-вперед, посверкивая в свете садового фонаря.

Затем он берет меня за руку, и мы вместе выходим из паба. Я улыбаюсь, потому что, когда наши ладони соприкасаются, мне чудится, что мы здесь уже были. Как дождь, возвращаясь в пустыню, вспоминает знакомый пейзаж. Бледно-голубой песок.

И тогда распускаются цветы. Пусть даже всего на один день.

Розовый песок

Я прихожу первой и открываю галерею. Тут сплошь белые стены и гладкий бетон. Мы выставляем фотографа Тома Блэкфорда[18]. Снимки Палм-Спрингс, залитого лунным светом. Потягивая утренний кофе, я останавливаюсь у своей любимой фотографии. При долгой экспозиции небо становится пыльно-голубым. Я чувствую, как меня затягивает туда. Словно я брожу во сне между отливающими радугой пальмовыми ветвями и светящимися бассейнами. Лунный свет заливает пейзаж. Дома словно покоятся на дне морском. Серебристые, с угловатыми крышами. И окнами, открывающимися в неизвестность.

Устроившись за своим столом, я щелкаю мышью, просматривая электронные письма, и одновременно поигрываю колечком в ухе. Воскрешаю в памяти прогулку до станции «Финсбери-парк». Вспоминаю, как хотела, чтобы эта прогулка подольше не заканчивалась. Как мы почти поцеловались. И как потом было неловко. И радостно на душе.

В галерее появляется Наташа, громко разглагольствуя. В первый момент мне чудится, что она обращается ко мне, но потом я понимаю: она говорит в наушник. Наташа громче любого из моих

---

[18] Известный австралийский фотограф.

знакомых, словно расстояние между ней и человеком на другом конце провода требует повышения голоса в десять раз.

Она в неизменном черном костюме, с подведенными глазами и ярко-алой помадой на губах; острая прядь коротко стриженных волос падает ей на щеку.

— Что ж, прекрасно, — говорит Наташа. — Скоро увидимся... До свидания.

Приблизившись ко мне, она вынимает из уха наушник и берет чашку с кофе, которая ждет ее на моем столе.

— Доброе утро, — здороваюсь я.

— Как прошло? — с места в карьер интересуется Наташа.

— Никак.

— Ой, да ладно тебе!

— Ты же моя начальница. Мне неловко.

— Я твоя подруга, — возражает Наташа.

— Но он твой брат!

— Да. Но ты, по крайней мере, можешь рассказать мне об атмосфере.

— Мне понравилось. Он очень симпатичный.

— Встретишься с ним еще раз?

Я киваю.

— Вот и славно. Он тоже так сказал.

— Значит, вы с ним разговаривали?

— Конечно.

— И что он сказал?

— Ага, так ты все-таки хочешь это обсудить?

Я закатываю глаза.

Наташа смеется, а затем сообщает мне:

— Клоди Робертсон только что прилетела. Завтра вечером она ужинает с нами.

— Когда прибудут ее работы?

— А почему ты спрашиваешь меня? Это же твоя выставка.

— Извини, просто размышляю вслух.

— Мне нужно, чтобы ты была в курсе.

— Да.

— Хорошо, — говорит Наташа, делая глоток кофе. — Постараешься, и выставка получится грандиозная.

Я откидываюсь на спинку стула и думаю о Мэгги. О ее первой выставке женщин-художниц. «Куда важнее, что я сама увидела этих женщин. А они увидели друг друга. Потому что даже мы, женщины, не всегда видим друг друга».

Я беру один из рекламных буклетов *WOMXN*, моей первой выставки женщин-художниц, и кладу в сумочку с мыслью: «Пошлю его Мэгги».

После обеда, стоя перед одной из фотографий Блэкфорда и рассказывая о ней двум потенциальным покупателям, я вижу, как в галерею заходит Хьюго. И тут же теряю нить разговора.

— Извините, я…

Подскакивает Наташа.

— Я тебя заменю, — говорит она и шепчет: — У тебя посетитель.

Я извиняюсь перед клиентами и медленно подхожу к Хьюго.

— Прости, что заявился к тебе на работу, — говорит он, краснея. — Я отпросился на полдня в надежде, что ты со мной прогуляешься.

Наташа кричит с дальнего конца галереи:

— Конечно, прогуляется!

— Тогда, наверное, я свободна, — говорю я. — Подожди, только пальто захвачу.

Мы гуляем вдоль Темзы под пепельным небом. Поверхность воды блекло-коричневого цвета. Речная рябь напоминает смятую ткань. Сейчас поздняя осень, приближаются зимние праздники; переулки увешаны цветными гирляндами, на южном берегу установлены рождественские елки.

— Я родился в декабре, — рассказывает Хьюго. — И в детстве был уверен, что все праздничные украшения — в честь моего дня рождения.

— Сколько тебе?

— Двадцать девять.

— О, мы почти одного возраста, — радуюсь я. — Мне двадцать девять исполнится в марте.

Он улыбается и берет меня за руку.

— Ого! Как ледышка. — И Хьюго растирает мне пальцы ладонями.

— Я хладнокровная, — говорю я, и он смеется.

Натыкаюсь взглядом на колесо обозрения «Лондонский глаз».

— Представляешь, я живу здесь уже три года и до сих пор не каталась на этой штуке!

— Представляешь, я родился и вырос в Лондоне и тоже не катался!

Я говорю:

— Тогда нам обязательно надо попробовать.

— Ну, эм-м... — мямлит Хьюго.

— Давай! Я давно мечтала.

— Но...

— Будет здорово, — убеждаю я его, а сама уже беру курс на гигантское чертово колесо с длинными белыми руками и стеклянными глазами.

Мы становимся в очередь за группой школьников. Они вопят, хихикают и пихаются. Одна девочка оборачивается и подозрительно косится на нас.

— Ну вы и каланча, — замечает она.

— Спасибо, — иронически отвечаю я.

— Не вы, — морщится школьница. — Он!

К нам оборачивается еще одна девочка.

— Он ваш муж? — осведомляется она.

— Я ее кот, — говорит Хьюго.

— Вы не кот! Вы дяденька!

— Мяу! — пищит Хьюго, и школьницы хохочут.

— Идемте, — зовет их сопровождающая учительница.

— Вы поедете в нашей кабинке? — спрашивает одна из девочек.

Я мотаю головой:

— Нет, в следующей. В вашей для нас с котом не хватит места.

— Пока, кошатница! — хохочут девочки.

— Пока!

— Мяу-мяу, — говорит Хьюго и машет им рукой.

Дверь кабинки под хихиканье девчонок закрывается, и дети устремляются ввысь. Приближается следующая кабинка, и мы заходим внутрь. Хьюго делает глубокий вдох и с дрожью выдыхает.

— Все нормально? — спрашиваю я, внезапно замечая, что он побелел как полотно.

Хьюго кивает, поджимая губы.

— Точно?

Дверь закрывается, и он стискивает мою руку. Кабинка начинает двигаться. У Хьюго трясутся ноги.

— О боже, — шепчет он.
— Ну честно, все нормально?
— Может, присядем? — предлагает Хьюго.
— Что? — переспрашиваю я, но у него уже подкашиваются ноги. Он опускается на скамью. И учащенно дышит.

— Вот блин, — бормочу я: теперь до меня дошло, почему он колебался.

Люди вокруг пялятся на нас. Но, по мере удаления от земли, небо словно приближается, все остальное уменьшается, нас постепенно окутывают облака, и наконец мы с ним остаемся здесь, в этой радужной оболочке, одни. Я опускаюсь перед Хьюго на корточки, беру его руки в свои. Глаза у него закрыты.

— Открой глаза, — шепчу я.

Он открывает один глаз, затем другой, взгляд его мечется по кабинке.

— Смотри на меня, — говорю я, улыбаясь, и его глаза останавливаются на мне. — Здесь только мы.

Хьюго снова стискивает мои руки.

— Дыши, — шепчу я. — Готов? Вдох…

Мы вместе вдыхаем.

— Выдох…

Вместе выдыхаем.

— Вдох… Выдох…

Он наклоняется ближе. Я тоже наклоняюсь ближе. Наконец мы прижимаемся друг к другу лбами.

Закрываем глаза. Мягко соприкасаемся носами. Потом губами. И земля снова приближается.

Когда мы выходим из кабинки, коленки у Хьюго еще дрожат.

— Почему ты предложил пойти на «Лондонский глаз», если боишься высоты? — спрашиваю я.

— Я не предлагал.

— Нет, предлагал.

— Я просто спросил, была ли ты там, — протестует Хьюго, и я смеюсь:

— Ну вот!

— Прости, что ты не смогла полюбоваться видами, — говорит он.

— Не волнуйся. Сходим еще раз…

Хьюго усмехается:

— Мне по душе твой оптимизм.

— Теперь куда?

— В Тейт? — улыбается Хьюго.

— Покажу тебе свою любимую картину. Не волнуйся. Она на первом этаже.

И вот мы бродим по галерее Тейт, лавируя между красными полотнами Ротко и розовыми Дали, пока не добираемся до синего монохрома Ива Кляйна *IKB-79*.

— Так это твоя любимая?

Я киваю, улыбаясь все шире.

— Почему?

— Потому что независимо от того, насколько близок и осязаем этот холст, синий цвет — это всегда дистанция… Нечто отсутствующее.

Хьюго берет меня за руку, переплетает наши пальцы и смотрит на картину. В синеву. Во всё и в ничто.

— А у тебя какая любимая? — шепчу я.

— Сейчас покажу, — говорит он и ведет меня обратно, к картине, на которой мужчина учит маленькую девочку плавать в темном горном озере[19]. — Вот эта.

— Почему?

— Мой ответ не такой умный, как твой.

— И все же?

— Потому что это прекрасный момент. Но в нем есть что-то призрачное.

Я смотрю на картину. Черная гладь воды. Тела в неестественном ночном освещении. Зеленоватые горы и розоватая плоть.

— Мне нравится, что в картине может быть два плана одновременно, — говорит Хьюго.

На выходе из галереи нас окутывает вечерняя мгла.

— Я и забыл, как рано тут темнеет, — говорит Хьюго. — Слишком долго прожил в Калифорнии. Привык к яркому свету. Запамятовал, как меня бесит, когда в три часа дня уже сумерки.

— Я в Лондоне больше всего люблю сумерки.

— Правда? — В его голосе слышится недоверие.

---

[19] Имеется в виду картина британского художника Майкла Эндрюса (1928–1995) «Мы с Мелани плаваем» (1978–1979).

— Да. Они уютные. Мне нравится, что они словно бы сгущаются вокруг меня. И все начинает казаться ближе.

Хьюго качает головой:

— Я люблю лето. Дни, которые тянутся до самой ночи...

Мне хочется сказать, что я не люблю лондонское лето с его открытостью и ярким светом. Когда мне кажется, будто я выставлена напоказ. Будто у меня раздвинуты ноги.

Но я прикусываю язык. Потому что на свиданиях говорят только о приятном.

В галерею является Клоди Робертсон: она такая же яркая, как ее работы. У нее пронзительные голубые глаза, суровый лоб, выдающиеся скулы и копна ярко-розовых волос.

Ее картины прибыли незадолго до нее. Горные хребты под темными небесами и кислотно-зеленые моря стоят в хранилище рядом с портретами Вивьен, песчаниковыми скульптурами Холли и проектором для световой инсталляции Микаэлы.

— Блэкфорд? — спрашивает Клоди, разглядывая последнюю фотографию, снятую со стены.

— Да, — отвечает Наташа. — Все распродано.

— Вы тоже все продадите, — уверяю я, подходя, чтобы поздороваться. — Вживую ваши работы выглядят еще более невероятно.

— Спасибо.

Я протягиваю руку:

— Оли.

— Клоди.
— Так приятно наконец с вами познакомиться.
— И мне.
— Это Наташа, — говорю я, и они тоже обмениваются рукопожатиями.

— Не пойти ли нам выпить куда-нибудь? — предлагает Наташа.

Мы обе соглашаемся, и я забираю нашу верхнюю одежду: Наташину экстравагантную черную шубу, — как она уверяет, искусственную — и свою джинсовую куртку с черным капюшоном. Наряд Клоди может поспорить многоцветьем с ее картинами.

На улице вечерний воздух пощипывает щеки.
— Охренеть, как холодно! — восклицает Клоди.
— Добро пожаловать в Англию, — говорю я.
— Неделю назад в это же время я валялась на пляже в Сиднее. Сорок два градуса!
— Шутите.
— Лето еще даже не началось, а у нас уже было три дня подряд, когда градусник показывал сорок. Безумие.
— Ужасно, — замечает Наташа.

Я думаю о Мэгги и Мэке, которые плавятся у себя в квартире. Делаю мысленную пометку позвонить им.

В баре Наташа заказывает нам всем эспрессо мартини[20].

— Ну, — говорит она, устроившись между Клоди и мной, — как ты вчера провела время с Хьюго?

---

[20] Коктейль из водки, кофейного ликера, сиропа и кофе эспрессо.

— Я же сказала, что не буду обсуждать его с тобой.

— Кто такой Хьюго? — любопытствует Клоди.

— Ее брат, — говорю я, указывая на Наташу.

— Они встречаются, — объясняет моя начальница.

Я закатываю глаза.

— Куда он тебя водил? — спрашивает Наташа, наклоняясь ко мне.

— Мы катались на колесе обозрения и...

— Ха! Ты серьезно? — хохочет Наташа. — Ведь Хьюго жутко боится высоты!

— Да. Как вскоре и выяснилось...

Она перестает смеяться и тихо произносит:

— Похоже, ты ему действительно нравишься.

Мы в любимом Наташином баре. Он отделан красной кожей и темным деревом. Освещение приглушенное, стены украшены произведениями искусства, в центре каждого стола — стеклянные бутылки с воткнутыми в них свечками. Клоди берет нашу свечу, наклоняет ее и капает воском на подставку. А потом вылепливает плавный изгиб бедра. Воск мягко переливается в мерцающем свете.

Мы допиваем коктейли, Наташа уходит к бару и через несколько минут возвращается с тремя бузинными коктейлями. Я достаю насаженный на шпажку личи и съедаю его целиком. Рот тут же заполняется соком.

— Что-нибудь планируете после выставки? — осведомляется Наташа у Клоди.

— Собираюсь в гости к своей бывшей возлюбленной в Берлин, — отвечает та. — Вообще-то она была моей первой любовью.

— И что вы ощущаете перед встречей? — спрашиваю я.

— Нервничаю. Но в то же время не терпится ее увидеть.

Наташа предполагает:

— Может, у вас снова вспыхнут былые чувства?

Клоди качает головой:

— Мы развивались в разных направлениях. Хотя я до сих пор ощущаю связь с ней.

Я вспоминаю слова Мэгги про то, как реки порой сливаются с другими реками, про людей, которые текут вместе, впадают в большие озера, расходятся и снова встречаются в устье.

— В любом случае, — говорит Клоди, — сейчас я с другой. Она сногсшибательная.

— Тоже художница? — спрашиваю я.

Клоди мотает головой:

— Элла поэт. Она говорит о тех вещах, которые я не могу изобразить на полотне. А я изображаю то, что она не может выразить словами.

— Звучит идеально, — замечает Наташа.

— Так и есть, — говорит Клоди. — А секс так вообще бесподобный. Когда мы познакомились, то неделю не вылезали из моей студии.

Наташа поднимает брови.

— Потрясающе.

— Я могла бы заниматься сексом круглыми сутками, — смеется Клоди. Наташа тоже начинает смеяться.

Я же пытаюсь представить себе стены секса Клоди: у меня они шершавые, а у нее, должно быть, какие-то другие.

Белый песок

На открытие я надеваю черные брюки, черную водолазку и белый блейзер, который купила за один фунт на рынке Портобелло-роуд. У блейзера есть подплечники, которые делают меня шире, чем на самом деле. И сильнее, чем на самом деле.

Наташа оплатила мне такси, чтобы я не ехала на метро. Это кажется ненужным декадентством. Это и есть ненужное декадентство. «Надо выглядеть сообразно положению», — возразила Наташа.

Однако, когда я приезжаю, еще никого нет. Перед кем мне выглядеть сообразно положению?

Я выхожу из такси, открываю галерею, включаю свет. И меня наполняет чувство гордости. Эти работы феноменальны. Грозовые пейзажи Клоди. Портреты женщин, до сего дня практически вычеркнутых из истории, кисти Вивьен. Песчаниковые скульптуры Холли, изображающие статные тела с золотыми нитями на шеях. А в дальнем конце галереи — световая инсталляция Микаэлы: калейдоскоп цветных лучей, преломляющихся вокруг фигуры потягивающейся женщины, сделанной из проволочной сетки.

Наташа является в привычном черном костюме.

— Где банкетная служба? — осведомляется она.

— Только что вышли на задний двор. Я распорядилась, чтобы начинали сервировать.

— Хорошо, — говорит Наташа. Осмотрев зал, она кладет руку мне на плечо: — Жду не дождусь, когда это увидят все.

Я думаю о Мэгги и ее выставке, на которую никто не пришел. Какой же храброй она была, какой отважной. Меня переполняют чувства. Даже если никто не придет, я это сделала. Я это видела.

Когда приезжает Хьюго, галерея уже переполнена. Он пробирается сквозь толпу, находит мою руку. Целует меня в щеку.

— Потрясающе! — восклицает он. — Поздравляю.

У него в ухе болтается моя сережка.

Наташа находит меня в баре. Я болтаю с клиентом. Она ждет, пока мы закончим, после чего говорит:

— Оли, это Элисон Уэйт, генеральный директор компании «Антарктические экспедиции».

— Здравствуйте, — говорю я и протягиваю гостье руку. — Рада познакомиться.

— Вы про нас слышали? — спрашивает она.

— Нет, — признаюсь я, и тут меня кто-то случайно толкает, чуть не расплескав мой коктейль, но мне удается удержать бокал в равновесии.

— Ловко вы, — смеется Элисон, а затем указывает в дальний конец галереи, где не столь людно: — Может, побеседуем там?

Мы идем туда и отыскиваем тихий уголок, где можно спокойно поговорить.

— Я никогда не слышала об «Антарктических экспедициях», — повторяю я. — Простите.

— Не страшно, — улыбается Элисон. — Итак, мы организуем экспедиции в Антарктиду. В данный момент я собираю группу творческих женщин — художников, музыкантов и писателей, — которая поедет туда и будет работать над темой изменения ландшафта.

Я представляю себе Южный океан. Огромный, неспокойный.

— О... потрясающе, — бормочу я вполголоса.

— Простите, что вы сказали? — переспрашивает моя собеседница. — Здесь плохо слышно.

Я глубоко вздыхаю.

— Я сказала: звучит потрясающе.

— Меня интересуют участницы этой выставки. Она производит большое впечатление.

Южный океан. Неумолимый.

Я залпом допиваю вино.

В другом конце галереи Наташа стучит по своему бокалу ножом для сыра, призывая к тишине.

— Давайте поговорим позже, — предлагает Элисон.

— Конечно, — говорю я и пробираюсь сквозь толпу, чтобы присоединиться к Наташе и нашим художницам.

Наташа благодарит всех за то, что пришли, затем поворачивается ко мне:

— А теперь несколько слов скажет Оли, куратор этой великолепной выставки.

— Вслед за Наташей хочу поблагодарить вас всех за то, что пришли сюда сегодня вечером, — дрожащим от волнения голосом произношу я.

Наташа кладет руку мне на спину, и я чувствую, как ее энергия наполняет меня. Делаю глубокий вдох.

— На устройство этой выставки меня вдохновила женщина, которая многим из вас знакома лично или понаслышке. Я, разумеется, имею в виду Мэгги Уокер. Более пятидесяти лет назад она организовала в Лондоне одну из первых выставок, участницами которой были только женщины, и… никто не пришел. Но, говорила мне Мэгги, куда важнее было то, что она сама увидела этих женщин. А они увидели друг друга… Потому что даже мы, женщины, не всегда видим друг друга. Эта выставка — своего рода прожектор. Ее цель — пролить свет на произведения, которые очень многообразны и заслуживают места в мире искусства. Я чрезвычайно благодарна всем вам за то, что вы увидели эти произведения и совершили инвестиции в искусство этих женщин. Потому что это не женщины-художники. — Я поднимаю бокал. — Это просто художники. И они декларируют себя. Не требуя снисхождения.

Я смотрю на Клоди, Вивьен, Холли и Микаэлу. Они стоят рядом, рука к руке. Все гости в едином порыве поднимают бокалы. Видят моих героинь. Во всем их величии.

После завершения официальной части мероприятия меня находит Хьюго. Он говорит, что моя речь была великолепна, что я сама великолепна. И что я его вдохновляю.

Мне хочется ему верить.

Ночь жутко холодная. Мороз прямо-таки обжигает оголенную кожу. Я дышу на ладони и растираю их друг о друга.

Хьюго стоит в нескольких метрах от меня, вытянув руку и пытаясь поймать такси.

Когда мимо, не останавливаясь, проносятся три такси подряд, я замечаю еще один автомобиль и, выскочив прямо на проезжую часть, заставляю его остановиться.

Такси подъезжает к тротуару, а Хьюго хватает меня за руки и втаскивает обратно.

— Что ты творишь, черт возьми? — спрашивает он. — Тебя могли задавить.

Не обращая на него внимания, я забираюсь в такси. Он следует за мной.

— Оли?

— Я знала, что машина остановится.

— А вот и не знала, — возражает Хьюго, берет меня за руку и крепко стискивает ее. — Неужели не испугалась?

Я пожимаю плечами:

— Да не особенно.

— А я испугался.

Я отвожу взгляд и смотрю в окно. И — то ли из-за выпитого, а может, из-за того, как Хьюго держит меня за руку, — вдруг необдуманно выпаливаю:

— У меня такое чувство, что я умру, не дожив до тридцати.

— Что? — спрашивает он.

— Просто у меня такое чувство, что я умру, не дожив до тридцати.

— Ну, это вполне возможно, если будешь и дальше вытворять такие фокусы.

И мне хочется спросить его: «Почему мне все равно, Хьюго? Почему я не боюсь?» Но я не произношу ни слова.

В некоторых фильмах показывают, как это происходит. Вот вы держитесь за руки в такси. Пересмеиваетесь, шагая по тротуару. Спотыкаетесь, поднимаясь по лестнице. Он будет целовать тебя в шею у входной двери, пока ты пытаешься отыскать в сумочке ключи. Потом с тебя соскользнет одежда. Легко и непринужденно. Все должно быть легко и непринужденно.

Но ни один фильм не учит, как вести себя в промежутках. Что делать, когда открываешь входную дверь и вспоминаешь, что не сняла с веревки белье. Потому что промежутки в фильмах не показывают. Там одежда соскальзывает сама собой. Брюки не цепляются за лодыжки, а водолазка — за сережки. И не нужно тратить время на то, чтобы принимать необходимые позы. Залезать в кровать. Втягивать живот. Сгибать ногу, не зная, может ли она вообще так согнуться. Стукаться лбами.

Потому что именно в этих промежутках, вырезанных монтажером, люди теряются, ощущают неловкость, пахнут и говорят то, чего не думают. Под влиянием момента. Что-то вроде: «Кажется, я в тебя влюбляюсь».

— Я тоже, — говорю я. И мне хочется так думать.

Потому что сейчас он слезает с меня. И обнимает меня всем телом, словно шелковый кокон. Да. Мне хочется так думать. Но когда наше дыхание замедляется и пот начинает остывать, у меня в боку начинает немного поднывать.

Меня передергивает.

— Тебе холодно? — спрашивает Хьюго, натягивая на нас одеяло и еще теснее прижимаясь ко мне.

Я качаю головой. Потому что мне не холодно. Мне никак.

Я закрываю глаза. Зажмуриваюсь как можно крепче. Чувствую, как его пальцы скользят по моей спине, словно я — белый песок, а он прокладывает русло для рек.

Я просыпаюсь, когда небо уже светлеет. Хьюго спит с открытым ртом. Его дыхание обжигает мне шею. Я снимаю с себя его руку и встаю с кровати. Он даже не шелохнулся. Я стою над ним, разглядывая его тело. Изгиб спины. Выпирающую лопатку. Длинные ноги. Крошечный островок волосков у основания позвоночника. Руку, покоящуюся между складками одеяла. Костлявые пальцы.

Я чувствую, что у меня дрожат руки.

В моей постели он выглядит огромным. И все, чего я хочу, — снова лечь. Но лечь без него.

Я толкаю его и шепчу:

— Хьюго… Хьюго!

Он с судорожным вздохом просыпается.

— Прости, — шепчу я. — Я собираюсь на пробежку.

Он сонно таращится на меня. И мне чудится, что он вот-вот скажет: «Не знал, что ты бегаешь». Или: «А что, разве я не могу до твоего возвращения остаться здесь?» Но, к моему облегчению, Хьюго ничего такого не говорит. Он лишь кивает:

— Ясно. Конечно. Хорошо. — И улыбается. — Может, хоть раз приду на работу пораньше.

Я собираю с пола его одежду и отдаю ему. Он одевается, а я думаю, не надеть ли мне кроссовки, но у меня их нет, поэтому я просто заворачиваюсь в полотенце.

Мы вместе входим в гостиную. Я уже собираюсь открыть ему входную дверь, и тут он говорит:

— Знаешь, я думал о том, что ты сказала мне вчера…

— Что я сказала? — спрашиваю я, хотя уверена, что уже знаю, о чем он.

— Что ты думаешь, будто не доживешь до тридцати.

Я обхватываю себя руками.

— Умирать в двадцать лет вовсе не романтично, — говорит Хьюго; его непроницаемые черные глаза мерцают в полумраке. Он качает головой. — Слишком расточительно.

Он пересекает гостиную, обеими руками обнимает меня за талию и целует в лоб. Его губы надолго прижимаются к моей коже.

Я закрываю глаза. Задерживаю дыхание. Ведь мы же сами, по своей воле, принимаем решение сделать вдох?

Хьюго уходит, я закрываю дверь, захожу в свою комнату и застилаю кровать. Потом иду в ванную, залезаю под душ, и меня рвет.

Я тру свое тело мочалкой до тех, пока оно не краснеет и не начинает саднить, и остаюсь в душе, пока вода не становится холодной. Слово «расточительно» расплывается на плитках пола, как нефтяное пятно.

После полудня Хьюго приходит в галерею с букетом цветов. Белых лилий. Призраков среди листвы. Похожих на полуоткрытые глаза.

— Вот, — говорит он, вручая мне цветы. — Это тебе.

Я беру букет.

— Очень красивый.

Хьюго улыбается.

— Как пробежка?

— Что?

— Твоя утренняя пробежка?

Чувствуя, как у меня вспыхивают щеки, я лепечу:

— Ах да... точно. Прекрасно. Хотя я не слишком далеко убежала.

Я говорю тихо, чтобы Наташа не услышала, как я вру ее брату.

Фиолетовый песок

Мы с Хьюго возвращаемся в галерею после долгого обеда в Ковент-Гардене. Я беспокоюсь, что Наташу рассердит наше отсутствие, но, когда я появляюсь на пороге, она стоит у моего стола и машет мне рукой.

— Оли, — произносит она, — сядь. Сядь!

— Что? — говорю я. Надо сесть? Меня охватывает паника. Что-нибудь с Мэком? Или с Мэгги?

— У меня потрясающие новости! — восклицает Наташа.

— Хорошие? — спрашивает Хьюго.

— Да, — отрезает Наташа.

Я сажусь за свой стол.

— Ладно. Выкладывай.

— Помнишь Элисон Уэйт?

— Кого?

— Она была на открытии. Я представляла вас друг другу.

— Ты мне много кого представляла.

— Она гендиректор «Антарктических экспедиций».

Я застываю.

— Антарктическая дама?

— Да, она самая.

— Что ей нужно?

— Короче, помнишь, она рассказывала тебе об экспедиции, которую организует для творческих женщин...

— Да, припоминаю.

— Она хочет, чтобы, когда все они вернутся из Антарктиды, ты устроила выставку.

— Правда?

— Да! Но это еще не самое главное!

Я смеюсь.

— Что же главное?

— Она предлагает тебе отправиться с ними в экспедицию.

— Что?!

— Она хочет, чтобы ты поехала в Антарктиду!

— Как?!

— На корабле! Из Южной Америки! — восклицает Наташа.

— Ничего себе! Вот это да! — подает голос Хьюго.

— Нет. — Я мотаю головой. — Передай, что я отказываюсь.

— Что? — ошеломленно переспрашивает Наташа.

Я смотрю вниз, на гладкий бетон, и представляю, как он превращается в воду. И затапливает галерею. Вода все поднимается и поднимается. И вот она уже повсюду, на многие мили вокруг.

Мне чудится, что земля ходит ходуном. Туда-сюда, туда-сюда.

— Прости. Но мой ответ — нет, — говорю я, после чего, извинившись, иду в туалет.

Вечером, когда я выхожу из душа, звонит телефон. Увидев австралийский номер, я спешу ответить, но пальцы мокрые, и сенсорный экран их не воспринимает. Телефон замолкает. Я вытираю руки и перезваниваю.

Мэгги берет трубку после второго гудка.

— Привет, дорогая, — говорит она. Голос у нее хриплый, но, только заслышав его, я моментально расплываюсь в улыбке. Кажется, все мое существо наполняется радостью.

— Привет, Мэгги!

— Как твоя выставка? — спрашивает она.

— Прекрасно. Просто замечательно, — говорю я, просияв. — Я пришлю вам буклет.

— Да! Непременно!

— Как поживаете?

— О, не беспокойся. Я звоню по куда более важной причине.

— Да? По какой?

Мэгги начинает кашлять. Этот глубокий кашель заставляет меня сочувственно морщиться. Я слышу на заднем плане голос Мэка. Кажется, он предлагает ей выпить воды и перезвонить попозже.

— Нет-нет, — произносит Мэгги между приступами кашля. Ее голос доносится откуда-то издалека. — Все нормально.

Я жду, пока она вернется к телефону.

— Наташа сказала, что тебя пригласили в Антарктиду.

У меня перехватывает дыхание.

— Ну, в общем, да.

— Знаешь, — хрипит Мэгги, — у меня есть теория, что все души мира возвращаются в Антарктику.

В старейшее речное устье в мире. Мне нравится думать, что Робин там... Что она вернулась домой.

Я молчу.

— Оли, — говорит она наконец, — ты обязательно должна поехать!

— Не могу, — говорю я. — Мэгги... Просто не могу.

Золотой песок

Какое-то время все идет само собой.

Легко и просто. Небо становится выше. Дни длиннее. И я не возражаю. Потому что любовь прорастает вокруг меня, как лес после пожара, и я больше не чувствую, что мое тело выставлено напоказ. С Хьюго яркий свет можно вытерпеть. Цветут магнолии. Лепестки усыпают землю. И когда мы босиком гуляем по Риджентс-парку, они мягко шелестят под ногами.

На закате мы лежим вместе под розовым балдахином цветущей вишни.

— Синие сумерки, — шепчет Хьюго.

Я поворачиваюсь на бок, лицом к нему. Его легкое дыхание касается моей щеки.

— Синие сумерки?

— Да, — улыбается он. — Это когда перед закатом все вокруг окрашивается в синие тона...

Хьюго касается моих губ, подбородка. Убирает мне волосы с лица, ласково поглаживает по затылку. Когда он притягивает меня ближе, я закрываю глаза. Он целует меня. Очень нежно. Солнце скрывается за деревьями, и мы погружаемся в синеву.

Хьюго смеется.

— Ты чего?

— Не знаю, — говорит он. — Просто глупость.

Я улыбаюсь, видя, что у него розовеют щеки.

— Скажи.

— Похоже, ты — самое невероятное, что со мной когда-либо случалось.

И теперь я тоже смеюсь. На мгновение забывая о той частичке своего «я», которая хочет крикнуть: «Если бы ты только знал!»

За окном моей спальни раскрываются, превращаясь в звездочки, крошечные желтые бутоны. Каждое утро, когда я просыпаюсь, их, этих цветов, становится все больше. И я замечаю, что с каждым днем тоже все больше раскрываюсь. Я оставляю открытой дверь в ванную, когда переодеваюсь, чтобы Хьюго мог продолжать со мной разговаривать. И в конце концов вообще перестаю уходить переодеваться в ванную.

Я снимаю топ, вылезаю из брюк, расстегиваю лифчик и роняю его на пол. Медленно снимаю трусики и, когда они спадают мне на лодыжки, смотрю на него снизу вверх. Хьюго лежит на моей кровати в спортивных штанах. Подложив под голову подушку, он смотрит на меня улыбающимися глазами. Его взгляд скользит по моей коже, как облака по небу.

Глядя на свое тело, я вспоминаю, как некто сказал мне однажды: «Не такая уж ты и худая». И как я, с моими выпирающими костями, могла так долго хранить эти слова в голове. Верить в них. Вечно твердить их про себя перед сном, точно молитву.

Потом я вспоминаю, как приехала сюда, в Лондон, с Мэгги, после того как провела месяц в ее постели в Сиднее, не в силах пошевелиться или сказать хоть слово. Как жестокий холод сковал меня, когда мы вышли из самолета. Как все это было мучительно. И как я постепенно набрала вес, когда Мэгги и Линди наконец заставили меня снова начать есть. Как впервые в жизни я не возражала против того, чтобы уменьшилась щель между бедрами, округлился животик и пополнели руки. Потому что дополнительный вес сделался прочной броней, которая защищала меня и мою тайну. Плоть помогала мне чувствовать себя в безопасности.

И все же я избегала зеркал. И поскольку никто никогда не видел меня в этом теле, я могла в нем существовать. Пока «никто» не материализовался в Хьюго. И внезапно мое тело ощутило себя потрясающим.

— Иди сюда, — зовет Хьюго.

Я делаю шаг вперед, оставляя трусики на полу. Он перекатывается на спину, раскрывает объятия. Я забираюсь в постель, у меня учащается дыхание, и я задерживаю его животом. Хьюго шепчет: «Ты потрясающая», и, когда у меня заканчивается воздух, я расслабляю мышцы живота и вытягиваюсь рядом с ним. Он проводит пальцами по моей коже, изгибу бедра, его розовой нежности. От его прикосновений я покрываюсь мурашками. «Я тебя обожаю», — бормочет Хьюго. И у меня встает комок в горле. Но затем он ложится сверху. Целует впадинку у меня на шее, ключицы, грудь, живот. Внутреннюю сторону бедер. Сначала прикасаясь к ней языком. Потом пальцами, медленно и нежно. Он ласкает меня, пока я не закрываю глаза и не выгибаюсь назад. Бедра у меня начинают подрагивать.

И вскоре мне кажется, что он вливает в меня жидкое золото, потому что я чувствую его тепло, распространяющееся по животу и стекающее вниз по ногам. Я крепко сжимаю его в объятиях, тело сводит сладостной судорогой. Таких ощущений я никогда раньше не испытывала. Словно сейчас все мое тело наполняется. Наполняется доверху.

Но затем из меня вырывается неожиданный звук, и я ошарашенно открываю глаза. Я вижу его потрясенное лицо, удивленный взгляд, разинутый рот. И зажимаю себе рот ладонью. Надеясь, что Хьюго этого не слышал. Но он слышал. Попытка подавить смех искажает его лицо.

— Не смейся надо мной! — кричу я.

— Я не смеюсь! — уверяет Хьюго и сжимает губы, упорно стараясь не прыснуть.

— Смеешься! — я отворачиваюсь, не в силах смотреть на него.

— Подумаешь, пукнула, Оли! — Теперь он уже хохочет во все горло. — Мне все равно! Честное слово!

Униженная, я подтягиваю колени к груди и сворачиваюсь клубочком.

— Провалиться бы сейчас сквозь землю и умереть, — бормочу я.

Хьюго обнимает меня всем телом.

— Только сначала, — говорит он, — убедись, что там хватит места для двоих.

И тогда я осознаю, что, подобно желтым бутонам, которые распускаются звездочками, невозможно не раскрыться, когда кто-то любит каждую твою клеточку.

Желтый песок

Наступает лето, и газеты наперебой твердят об аномальной жаре. Все парки пожелтели, цветы поникли.

— Кошмар, — снова и снова повторяет Хьюго. — Просто кошмар.

В одну из июньских суббот мы договариваемся с Наташей о встрече в Паддингтоне. Ожидая ее, пьем на вокзале черный кофе. Хьюго держит меня за руку.

— Ах вы, мои голубки! — говорит Наташа, подходя к нам.

Я закатываю глаза, Хьюго смеется.

— А ты, оказывается, сентиментальная, — замечает он, и Наташа треплет его за ухо.

Я смотрю на часы:

— Давайте скорее.

Хьюго одним махом допивает остаток кофе. Морщится. Кашляет.

— Черт, — выдавливает он. — Это я зря!

Наташа смеется:

— Незавидный ай-кью.

— Ой, да ладно. Пойдемте уже. Джулс нас убьет, если мы опоздаем на этот поезд.

В поезде на Оксфорд Хьюго снова рассказывает мне о работе младшей сестры, сыпля бесконечными терминами: «Лазеры... газы... камера... атомы взрываются!»

— Так круто, — говорит он, сияя от гордости. — Ведь это нечто совершенно новое! Никто раньше такого не делал.

Я глажу его по щеке, и Хьюго осекается.

— Извини, — смущенно говорит он. — Слишком много информации?

— Нет-нет, — смеюсь я, — просто я не догоняю.

Помню, как Хьюго впервые рассказал мне о своей младшей сестре, которая изучает физическую химию, а я поначалу решила, будто Джулс изучает любовь. Помню, как он изо всех сил старался не рассмеяться.

— Не волнуйся, — утешает Наташа, — я в этом тоже ничего не понимаю.

— Джулс определенно мамина любимица, — замечает Хьюго.

Наташа бросает на него раздраженный взгляд.

— Только потому, что она младшенькая.

Хьюго шепчет мне на ухо:

— Она просто ревнует.

— Ты не умеешь шептать, Хьюго, — огрызается Наташа.

Я целую Хьюго, отворачиваюсь к окну и прижимаюсь щекой к прохладному стеклу. За окном проплывают обесцвеченные, как остовы кораллов, поля.

Хьюго тоже смотрит в окно, но ничего не говорит. Только вздыхает. Цвет воздуха, выходящего из его легких, болезненно желтый.

Джулия встречает нас на вокзале. Хьюго указывает мне на нее, хотя в этом вряд ли есть необходимость. Она его копия. Высокая, долговязая, в очках в черепаховой оправе, клетчатой мини-юбке и футболке с надписью «План(ета) Б не существует. Точка».

— Оли! — Она обнимает меня. — Наконец-то! — И с улыбкой отстраняется: — Я уже столько наслушалась о тебе, — она кивает на Хьюго. — Ты бы знала! Он трещит о тебе буквально без передышки! «Оли, Оли, я та-а-ак люблю Оли…»

Хьюго наклоняется и зажимает ей рот рукой.

— А это Джулс! — говорит он, багровый от смущения.

Я посылаю ему воздушный поцелуй.

— Ужасно рада, что вы приехали! — восклицает Джулс, обнимая брата и сестру.

— Отлично выглядишь, — замечает Наташа.

— Чем займемся? — интересуется Хьюго.

Джулс смотрит на меня; я обмахиваю лицо газетой, которую Хьюго взял с собой в поезд.

— Ну, я надеялась до обеда показать Оли колледжи, но, может быть, сначала сходим на речку? У вас есть купальники?

— Я не буду купаться, — говорит Наташа.

Джулс показывает старшей сестре язык.

— Оли?

Я мотаю головой и добавляю:

— Зато мне не терпится увидеть Оксфорд.

— Ладно! — Джулс всплескивает руками. — Как насчет того, чтобы сначала осмотреть мой колледж?

— Отлично.

Хьюго ладонью разглаживает блузку у меня на спине. Я чувствую, как ткань между лопатками намокает.

— Все хорошо?

Я киваю.

— Уверена?

Меня терзает образ реки, похожей на змею.

— Да, — отвечаю я, изображая улыбку. — Все хорошо.

Когда мы выходим вслед за Джулс со станции, Хьюго берет меня за руку.

— Вустерский колледж всего в пяти минутах отсюда, — говорит Джулс. Улица залита ослепительным светом. Я крепче сжимаю руку Хьюго, и он улыбается. Джулс указывает на здание Бизнес-школы Саида и объясняет, что университетские здания разбросаны по всему городу. Мы сворачиваем за угол, проходя под ветвями магнолии. Солнце плавит мне шею.

— Уже пришли! — восклицает Джулс, широко раскидывая руки. — Та-дам!

— Ого! — восхищаюсь я, поднимая глаза. На стене над нами — большие круглые часы, молочно-белые, как луна.

Мы следуем за нашей провожатой через парадные ворота во двор с идеально подстриженной травой. Справа высится массивное здание с высокими арочными окнами и побегами плюща, петляющими по песчанику, словно вены под кожей. Пышно цветут кусты — розово-голубые шапки.

Слева — здание с серым фасадом, напоминающим морщинистое лицо. Когда мы проходим под его аркой, Джулс сообщает нам, что оно средневековое. Хьюго наклоняет голову, чтобы не стукнуться о низкий свод. Арка выводит нас на зеленую лужайку, окаймленную тюльпанами и розами. В центре три дуба; сквозь поникшую листву проникает солнечный свет. Мы проходим под навесом кроны, словно купаясь в золотом дожде. Дальше, у берега озера, дорожка расширяется. На дальнем берегу я замечаю двух лебедей.

У меня вырывается смешок.

— Не верится, что это задний двор... Потрясающе!

— Точно, — соглашается Джулс. — Мне жутко повезло.

— Не говори так, — возмущается Хьюго. — Ты задницу рвала, чтобы сюда попасть.

— Я не говорю, что не трудилась, — возражает ему сестра. — Я, черт возьми, имею в виду, что в своей группе я единственная женщина. Но еще я белая, а это место строилось для белых.

Хьюго говорит:

— Верно, — и прогулка продолжается. Мы проходим под каменной аркой, увитой лианами, к дереву, нависающему над озером. Под его ветвями сидят два студента и читают.

Я все еще обдумываю слова Джулс, сказавшей, что это место строилось для белых, и спрашиваю ее, что она подразумевала.

— Ну, это не значит, что университет напрямую заявляет, что ему нужны только белые и не нужны цветные. То есть никто не стоит у входа и не говорит:

ты можешь войти, а ты нет. Однако еще на улице есть тысяча препятствий, которые мешают человеку даже добраться до входа.

Я пытаюсь представить себе, какие препятствия могут ожидать человека на улице, но обнаруживаю, что не способна вообразить то, чего никогда не видела. И это отсутствие понимания, неспособность нарисовать полную картину свидетельствуют, что мне недостает опыта. Осознание, что многое прошло мимо меня, до боли очевидно и все же поражает.

Я признаюсь Джулс:

— Я никогда особенно не задумывалась, каково это — быть белой.

Она пожимает плечами:

— Полагаю, в этом и состоит суть привилегированности.

Мы обедаем на рынке напротив колледжа Джулс, после чего направляемся через центр города, мимо Бодлианской библиотеки, к университетской церкви. Повсюду снуют студенты на велосипедах, с плавной летней небрежностью огибая углы.

Заплатив четыре фунта, мы поднимаемся на смотровую площадку. Лестница крутая, тесная, а балкон такой узкий, что нам приходится выходить гуськом. Хьюго так крепко стискивает мне руку, что в кончиках пальцев начинает пульсировать кровь. Я оглядываюсь через плечо и вижу, что глаза у него зажмурены. И втискиваюсь между ним и балюстрадой.

— Эй, — шепчу я, прикасаясь ладонью к его щеке. Хьюго открывает один глаз. — Здесь только мы.

Он улыбается. А потом я целую его и чувствую, как он расслабляется. И крепко обнимает меня, а я поворачиваюсь в его объятиях лицом к небу. Вдалеке, за шпилями и черепичными крышами, виднеется вереница облаков с сиреневыми краями. Хьюго кладет подбородок мне на плечо и шепчет на ухо:

— Только мы.

По дороге на луг Порт-Медоу Джулс захватывает из дома два купальника, полотенца и плед для пикника. Солнце палит беспощадно. В ложбинке между грудей скапливается пот. Я чувствую, как сникаю.

Когда мы добираемся до луга, Джулс замечает, что за три года в Оксфорде ни разу не видела, чтобы он был такого цвета. Огромное поле, простирающееся до дальнего леса, желтое, как песок в пустыне. Я замечаю между травяными кочками мертвую птичку. Перья у нее взъерошенные и запыленные.

— Это мой второй дом, — говорит Джулс, разворачивает плед и расстилает его на берегу реки, заросшем полевыми цветами. Наташа снимает туфли и садится на него. Перед нами небольшая речушка, которая чуть ниже по течению впадает в Темзу. В месте их слияния над водой перекинут деревянный мост. С его перил в воду, визжа и хохоча, ныряет ребятня. На дальнем берегу загорают и курят подростки. У кого-то играет музыка. Я учащенно дышу.

Рядом со мной Джулс заворачивается в полотенце, чтобы надеть купальник. Хьюго сбрасывает ботинки, снимает рубашку и джинсы и стоит в одних трусах-боксерах и дурацких носках. Наташа усмехается и отворачивается. Джулс хохочет и обзывает брата придурком. Но Хьюго и бровью не ведет.

Поймав мой взгляд, он улыбается. И в этот самый миг все острые грани стираются. «Я действительно люблю тебя», — думаю я.

— Оли, — зовет Джулс, размахивая передо мной купальником.

— Ой... — бормочу я. — Э...

Она вручает мне купальник, и я замечаю, что у меня дрожат руки. Прижимаю купальник к себе и кошусь на воду.

Река. Точно разверзшаяся рана. Темная, как бездна.

Я начинаю невольно пятиться по берегу.

— Давай, — поддразнивает меня Хьюго. — Ты ведь не боишься воды, правда? — Он игриво дергает за купальник у меня в руках.

— Прекрати, — говорю я, отталкивая его руку.

Джулс подходит ко мне и тихо спрашивает:

— Ты умеешь плавать, Оли?

Я пожимаю плечами.

Хьюго, уже мягче, касается моего плеча и шепчет мне на ухо:

— Только мы... — Он улыбается. — Не нужно стесняться.

— Я не стесняюсь! — взрываюсь я.

Он тихо произносит мое имя.

— Не прикасайся ко мне!

Хьюго отшатывается, явно обиженный. Я хочу что-нибудь сказать ему. Хоть что-нибудь. Но слова никак не могут принять определенную форму. Словно дым — изменчивый, удушающий.

— Оли, — говорит Наташа, похлопывая рукой по земле рядом с собой. — Садись-ка рядышком, ладно?

Я опускаюсь на плед, подтягиваю колени к груди и крепко обхватываю их руками. Закрываюсь. Защищаюсь.

Хьюго присаживается передо мной на корточки, но Наташа отмахивается от него.

— Пошли, — говорит Джулс, дергая брата за руку.

Он пристально смотрит на меня, вглядывается, доискивается. Я отворачиваюсь.

— Идем, Хьюго, — снова слышу я голос Джулс. — Не приставай к ней.

Я закрываю глаза. Хьюго вздыхает и уходит. У меня в ушах звучат его удаляющиеся бледно-голубые шаги.

Лиловый песок

Мы никогда не обсуждаем случай на реке. Хьюго думает, что я не умею плавать и страшно стесняюсь этого, а мне так даже проще. Ведь как объяснить боль от ожога тому, кто не знает, что такое огонь?

Идут дожди. Я храню молчание. Часы перетекают в дни. Листья постепенно желтеют. Я храню молчание. Листья начинают облетать. Они падают и падают, пока земля не становится грязно-фиолетовой. Наступает сумеречная пора, и я снова могу дышать.

В ноябре с востока надвигается резкое похолодание. Дует пронизывающий серый ветер, и когда мы выходим из метро у Лондонского моста, его порыв налетает на меня. Со всей силы. Я отдаюсь ему. Пусть держит меня. Крепко-крепко. Ведь я так уязвима. И все чаще и чаще чувствую, насколько пористая у меня оболочка. В плоти столько дыр. И кажется, будто мое нутро постепенно просачивается сквозь них. Вовне. В никуда.

Небо надо мной сплошь в синяках. Хьюго, идущий в нескольких шагах впереди, поворачивается и спрашивает:

— Как он выглядит?

Я вспоминаю, что в последний раз видела Уилла летом, когда он окончил школу. Несколько недель перед Рождеством я провела дома, в Мэнли, за упаковкой вещей, чтобы отец мог продать квартиру. У меня образовался перерыв между двумя рейсами, и, поскольку папа все еще пребывал в бешенстве из-за того, что я отказалась от престижной стажировки ради морской жизни, я скоротала рождественское утро с Уиллом и Энни, перед тем как отправиться на обед к Мэку и Мэгги. Накануне Нового года я получила работу на судне «Королевский прилив» и ушла в море.

Я пожимаю плечами:

— Мы очень давно не виделись.

И, вглядываясь в море лиц, я думаю: «Уилл может оказаться любым из них». Но тут замечаю его на другой стороне улицы. Он идет, держась за руки со своим возлюбленным. И я расплываюсь в улыбке.

Машу им, и Уилл машет в ответ. Он сияет.

Загорается зеленый свет для пешеходов, и Уилл устремляется через дорогу. Подойдя к нам, он выпускает руку своего парня и обнимает меня. Мой бывший сосед выше, чем я помню. Долговязый, худой, волосы осветлены, в ухе золотая серьга, на шее татуировка в виде розы. Наши объятия так сердечны, что я немедленно ощущаю, как тают разделяющие нас годы.

Уилл отступает назад и говорит:

— Оли, это Рамос.

— Очень рада наконец с тобой познакомиться! — говорю я и представляю Хьюго.

— Итак, идем в ресторан? — спрашивает Хьюго.

Уилл кивает:

— Жуткая холодина!

Пока мы идем, я спрашиваю Уилла и Рамоса:

— Как ваш тур?

— Потрясающе, — отвечает Рамос.

— Я просто влюбился в Париж! — подхватывает Уилл.

Ребята рассказывают, что жили в одиннадцатом округе, у соученика из художественной школы. Ежедневно бродили по галереям. Покупали винтажные шмотки в коробках «Любая вещь за 1 евро». Прогуливались по Сене. Безумно тратились на розовое вино и обеды из трех блюд. Устроили пикник под Эйфелевой башней, где земля была устлана оранжевыми листьями. Тусовались в переулках.

— Звучит захватывающе, — говорю я, когда мы подходим к ресторану. — Очень за вас рада.

Радиаторы в ресторане включены на полную мощность. Мы снимаем верхнюю одежду, вешаем пальто на вешалку, и Хьюго замечает, что такая жара — это лишнее.

Стены в заведении выложены белой плиткой с черной затиркой. С потолка свисают ветви растений. За столом с бутылкой вина и пятью бокалами уже сидит Наташа.

— Это моя начальница, Наташа.

Она закатывает глаза.

— Сейчас я не твоя начальница.

— Счастливы с вами познакомиться, — говорит Уилл. — Мы следим за вашей галереей, ну, типа, уже давно.

— Ого, — удивляется Наташа. — Спасибо. Приятно слышать.

Хьюго разливает вино, официант приносит меню, а я расспрашиваю Уилла и Рамоса об их работе. Рамос рассказывает, как изменилось его фотоискусство после окончания университета, когда у него больше нет доступа к лаборатории и его негативы печатают другие люди.

— Думаю, это усложняет работу... Сейчас у меня меньше возможностей контролировать каждый этап.

— И все же, — говорит Уилл, — снимки у тебя потрясающие. — Он поворачивается ко мне: — Вот, посмотри, — он вытаскивает телефон. На заставке — фотография двух обнаженных изогнутых тел. Она настолько абстрактна, что даже не поймешь, где начинаются и где заканчиваются конечности.

— Ничего себе, — шепчу я.

Наташа опускает меню.

— Покажите мне, — просит она. И Рамос тут же напрягается. Наташа с минуту молча рассматривает снимок. По лицу Рамоса я догадываюсь, что ее молчание изводит и пугает его, но мне известно, что это хороший знак. Будь Наташе неинтересно, она бы уже вернула телефон.

Наконец она произносит:

— Да уж... — И лицо Рамоса озаряется. — Очень впечатляет. — Наташа переводит взгляд на Уилла: — А как насчет твоих работ?

— Я перформансист, — объясняет он. — В основном сочетаю раскраску тела и движение. Мне нравится мысль, что мои «холсты» дышат.

— Это действительно нечто, — уверяет Рамос. — Мы целый год провели вместе в художественной школе, хотя еще не встречались. Учились на разных факультетах...

Уилл перебивает его:

— Но потом Рамос увидел мои перформансы, — он театрально смахивает со лба челку, — а остальное — уже история.

Рамос смеется. Пожимает плечами.

— Точно.

Я улыбаюсь.

— Вы когда-нибудь делали совместные выставки?

— Это наша мечта, правда?

Уилл кивает.

— Мы всегда хотели выставляться вместе, но сразу после окончания художественной школы трудно найти место.

— Возможно, скоро мне придется снова вызвать вас сюда, — говорю я. — Мне было бы любопытно увидеть взаимодействие неподвижного тела на фотографиях и живого тела в перформансе.

Оба так и сияют, не находя слов.

Наконец Уилл произносит:

— Мы читали о твоей выставке женщин-художниц.

— Ах да. Я очень довольна этой своей работой. Произведения смотрелись феноменально.

— Мы следим за работой Вивьен уже несколько лет.

— Она гениальна, не правда ли?

— И так открыто говорит о своей смене пола. Мы знаем многих ребят, которые очень ее уважают.

— Вообще это была ее первая выставка после операции, — сообщаю я. — Для меня было честью показывать ее произведения.

— Круто, — говорит Рамос.

— Твои родители были на открытии? — интересуется Уилл.

Я мотаю головой и добавляю:

— Хотя я их приглашала.

— Вот гадство.

— Все эти годы с тех пор, как я отказалась от стажировки, папа со мной практически не общается.

— Но ведь ты добилась успеха…

— Он никогда не относился к искусству серьезно.

Хьюго берет мою руку под столом и ласково пожимает.

— Позднее я узнала, что на той неделе, когда проходила выставка, он был в Лондоне.

— Жесть! — восклицает Уилл.

— Ну и ладно. Зато в феврале меня приедет навестить мама. Будет забавно.

Уилл смеется:

— Ох уж эти предки…

— Мы думали, что мои не против, — объясняет Рамос, — но как раз перед отъездом услышали, как они говорят моим филиппинским родственникам, что я еду путешествовать со своим лучшим другом.

Уилл обнимает Рамоса за плечи и замечает:

— Я и есть твой лучший друг.

Рамос улыбается, но в его улыбке сквозит грусть. Синеватая по краям.

— Я люблю тебя, — говорит Уилл и целует его в щеку.

— Как Энни? — осведомляюсь я. — Я имею в виду, как она отреагировала, когда ты ей сказал?

— Не очень хорошо, если честно.

— Неужели? — изумляюсь я. — Она всегда казалась мне очень прогрессивной.

— Так и есть. У нее много друзей-геев.

— В чем же тогда проблема?

— По словам мамы, она беспокоится, что меня будут притеснять, если я выберу такую жизнь. — Уилл устремляет взгляд на стол, поигрывая салфеткой. — Она не понимает одного: только ее отношение меня и огорчает.

— А кроме того, Энни, видимо, думает, что ты волен выбирать, — замечаю я.

— Вот именно. Это, наверное, больнее всего.

К столику подходит официант:

— Готовы сделать заказ?

— Заказывайте все, что хотите, — предлагаю я Уиллу и Рамосу. — Угощаю.

Ребята неуверенно переглядываются.

— Правда? — спрашивает Уилл.

— Конечно!

Мы делаем заказ. Официант уходит, Наташа наполняет наши бокалы, и Хьюго говорит:

— Матери все такие… — и Наташа чуть не выплевывает глоток вина обратно в бокал.

— Что ты сказал?! — переспрашивает она.

— Может, не следует обобщать…

— Точно, — обрывает она брата. — Не следует.

— Отлично, — говорит Хьюго, и мне на мгновение чудится, что он просто пытается внести свой вклад в разговор, из которого как будто выпал, но тут он добавляет: — За нашей-то матерью безусловно числится несколько безумных высказываний.

Я отшатываюсь. Как крошечное существо, прячущееся в свою раковину. И снова оказываюсь там. За деревянной дверью. В темноте. Мокрая. Раскачиваясь взад-вперед. Слушая голоса снаружи. «Она совсем обезумела».

— Ты считаешь нашу маму безумной?
— Я такого не говорил.
— Но намекнул.
— Не надо додумывать за меня.
— Додумывать?

Рамос и Уилл ставят свои бокалы. Уилл смотрит на меня, приоткрыв рот. Он ждет, что я вмешаюсь. Но я не могу. Язык мне не повинуется.

— С чего ты на меня напустилась? — говорит Хьюго.

— Напустилась? — взвивается Наташа. — Ты только что сказал ужасную гадость.

Я сглатываю и чувствую, как слюна застревает в горле.

— Не понимаю, зачем попусту раздувать из мухи слона.

— Хм, — говорит Наташа, — может, за тем, что ты минуту назад заявил, будто женщина, которая вырастила тебя в одиночку, порой бывала не в себе.

Хьюго пожимает плечами:

— Сейчас ты тоже не в себе.

Наташу передергивает.

— Да? Неужели? Или меня просто бесит, что наш гребаный папаша, прежде чем слиться, много лет поливал ее грязью?

— А еще, — говорю я тихо, прислушиваясь к голосам снаружи, — женщин, которых считали безумными, сажали под замок.

— Вот именно! Спасибо, Оли. — Наташа откидывает волосы с лица. — Усек, Хьюго?

Он что-то едва слышно бормочет.

— Что?

— Мне очень жаль, — повторяет он громче.

— Жаль? Это слово можно понимать по-разному, ясно тебе?

— Наверное. Я никогда об этом не думал.

Уилл принужденно улыбается и миролюбиво произносит:

— У каждого свой путь.

— Уилл прав, — соглашается Наташа и похлопывает Хьюго по плечу: — Ничего, мы все учимся на своих ошибках.

Я делаю глубокий вдох, поворачиваюсь к Уиллу и, возвращаясь к прежнему разговору, словно последних нескольких минут не было, спрашиваю:

— Теперь она приняла тебя? Я про твою маму.

— Да. Ей потребовалось некоторое время. Но как только я сообразил, что причиной ее страхов была любовь ко мне, мы стали даже ближе прежнего. Кажется, теперь она осознает, что я такой, какой есть, и обожает Рамоса.

— Здорово!

Приносят еду. Пока мы едим, Наташа расспрашивает Уилла и Рамоса, куда они направляются дальше, и вся троица принимается обсуждать последующие планы. Хьюго трогает под столом мою ногу своей.

Я отодвигаюсь, и он ничего не говорит. Просто сидит в молчании, ссутулившись над своей тарелкой до конца обеда. Потом мы выходим на улицу и прощаемся с Уиллом и Рамосом. Хьюго спокойно желает им счастливого пути, целует Наташу в щеку и поворачивается ко мне. Я огибаю его и направляюсь к метро.

— Оли, — говорит он. — Оли, подожди!

Я торопливо шагаю к станции.

Хьюго настигает меня на верхней площадке лестницы.

— Оли! — Он хватает меня за руку. — Прости меня, ладно? Ну, ляпнул глупость. Я не понимал, что это значит. Правда. Но теперь понимаю. — Он стискивает мои пальцы. — Я учусь. Правда.

Я поднимаю взгляд.

Его глаза всматриваются в меня. Темно-карие, с зеленой каемкой. И причиняют мне боль. Потому что Хьюго видит меня. Действительно видит. Очень отчетливо. И я в ужасе. Меня терзает мысль: «Что он видит? Что он может знать?»

К тому времени, как мы возвращаемся ко мне в квартиру, пальцы у меня немеют от холода. Хьюго замечает, что у меня фиолетовые губы, и предлагает набрать ванну. Я завариваю себе на кухне чай и обхватываю кружку руками, чтобы согреться. Чувствительность постепенно восстанавливается, я ощущаю в подушечках пальцев покалывание, будто по ним бегают крошечные звездочки.

Хьюго возвращается из ванной и говорит:

— Все готово.

Я следую за ним в ванную, на стенах которой витают безмолвные тени. Свет свечей танцует на плитке. Я вдыхаю и ощущаю на языке оранжевый аромат сандалового дерева. В воде кружатся скрученные сухие розовые лепестки, которые, намокая, разворачиваются. Розовый цвет переходит в кроваво-красный. Я начинаю раздеваться. Хьюго, прислонившись к дверному косяку, молча наблюдает, как я снимаю с себя один предмет одежды за другим.

Я спускаю на пол трусики и делаю шаг в сторону. Хьюго отворачивается.

— А ты не присоединишься? — спрашиваю я.

Он поднимает взгляд и неуверенно улыбается.

— Я не знал, захочешь ли ты…

— Я тебя приглашаю.

Он ступает на кафельный пол и поднимает руки. Я начинаю снимать с него джемпер, но дохожу только до шеи.

— Ты слишком высокий! — Я уже смеюсь. — Сам раздевайся!

Хьюго застенчиво улыбается и стягивает джемпер через голову. Затем вылезает из джинсов, снимает носки, и вот уже мы стоим в полумраке обнаженные. И бесшумно дышим. Он подходит ближе, так что наши тела соприкасаются, нежно берет мое лицо в ладони и шепчет:

— Я так сильно тебя люблю.

Эти слова, словно пенный горный поток, несущийся среди гранитных скал, сглаживают острые углы. Со временем, после должного количества повторений, они сотрут меня до полного исчезновения.

Хьюго залезает в ванну. Я тоже забираюсь и сажусь у него между колен, прижимаясь спиной к его груди. Он обнимает меня и кладет подбородок мне на плечо. Я начинаю оттаивать.

— Все хорошо? — шепчет он мне на ухо.
— Да. А что?
— Ты как-то странно дышишь.
— Разве? — говорю я, разыгрывая удивление. — Наверное, здесь просто жарко.

Хьюго размыкает объятия. Я чувствую, как влага в тех местах, где его кожа соприкасалась с моей, мгновенно остывает. И начинаю дрожать.

— Нет, — бормочу я. — Обними меня.

Он обнимает, но мне этого недостаточно.

— Крепче, — прошу я.
— Ты уверена, что все хорошо?

Я киваю. Ничего не говоря. Потому что смотрю на нежные лепестки роз, но мысли мои уже далеко. И глубоко. Ниже уровня воды. В душной темноте. Я думаю о своей коже. И о его коже. О том, как она отслаивается — прямо сейчас. О чешуйках грязи и мертвой плоти. О частичках кожи, похожих на рыбью чешую и плавающих в луже крови.

— Крепче, — шепчу я.

Серый песок

Мы едем в Брайтон на машине, которую Хьюго арендовал на выходные. Почему он решил отправиться на пляжный курорт в январе, для меня загадка, но когда мы выезжаем из города, а тесное пространство между зданиями сменяется полями, я уже радуюсь, что он вывез меня на простор.

Хьюго держит меня за руку, хотя автомобиль с ручной коробкой. Он вынужден каждый раз, переключая передачу, выпускать мои пальцы, но потом всегда возвращается на мое колено, где лежит моя ладонь.

Мы останавливаемся на бензоколонке, чтобы заправиться и запастись продуктами для поездки. Когда мы снова выруливаем на шоссе, я кормлю его шоколадными конфетами и смеюсь над тем, как смешно он ест у меня с руки.

Мы едем в молчании. И никакой неловкости не ощущаем. Я не подыскиваю слова. Потому что в данный момент все и так идеально.

Хьюго забронировал апартаменты на уик-энд, и я с удивлением обнаруживаю, что дом расположен на берегу; огромные стеклянные окна выходят прямо на море.

— Ого! — восклицает Хьюго, бросая на стол ключи. — Какой вид!

— Ага, — бормочу я, опуская на пол сумки. И отвожу взгляд от воды. — Спустимся на набережную? Может, прихватишь с собой чего-нибудь перекусить?

— Конечно, — говорит он, расстегивая молнию на сумке, — но сначала у меня есть кое-что для тебя.

— Что?

Хьюго достает из сумки сверток в коричневой бумаге, перевязанный тонкой голубой ленточкой.

— По-моему, мы договаривались: никаких подарков!

— Это ты сказала «никаких подарков», — улыбается он, протягивая мне сверток.

— Но у меня для тебя ничего нет.

— Плевать, мой день рождения был в прошлом месяце, — говорит он, пренебрежительно махнув рукой.

— Мне еще нет тридцати, — возражаю я, неохотно принимая подарок, развязывая ленту и снимая оберточную бумагу, под которой оказывается книжка. «Избранные стихотворения» Марианны Мур.

— Уже читала? — осведомляется он.

Я мотаю головой, чувствуя, как на глаза наворачиваются слезы.

— Все нормально? — спрашивает он.

Я киваю:

— Более чем.

Хьюго заключает меня вместе с книгой в объятия. Я чувствую, как ее корешок вдавливается мне в тело. Словно из другого времени приходит почти незаметная боль.

— Я счастлив как никогда, — говорит Хьюго. Его слова осязаемы, как кожа и кости.

А я — это воздух.

Мы доходим по набережной до самого пирса. На фоне мрачного неба светится надпись из золотистых лампочек: «Брайтонский пирс». Хьюго держит меня за руку и ведет меня туда. Об опоры разбиваются волны. Дальше, в море, ворочаются высокие валы, точно тела под одеялом.

— Пойдем, — говорит Хьюго. — Там есть аттракционы.

Мы ступаем с твердой бетонной набережной на деревянный настил пирса. Сквозь щели между досками проглядывает море. Оно плещется взад-вперед. Колышется белая пена. Дыхание у меня учащается. На губах вкус соли. Он проникает внутрь. И я внезапно перестаю дышать. Мышцы сжимаются, будто скованные льдом. Я тяну Хьюго за руку.

— Что случилось? — спрашивает он.

— Я не очень хорошо себя чувствую, — бормочу я.

— Мутит?

— Не знаю.

— Ты словно привидение увидела.

— Просто замерзла, — вру я. — Может, вернемся?

— Конечно, — говорит Хьюго, и мы шагаем в центр города. По пути проходим мимо двух рыбаков. Один из них наматывает катушку. На конце лески рыба, насаженная на крючок. Ее протащили по воде и выбросили на серый песок.

По дороге домой мы находим продуктовый магазин, покупаем овощи, тофу, зеленую пасту карри и несем все это домой.

На кухне я нарезаю морковь и брокколи. На Хьюго шапочка с помпоном, свободные брюки, шерстяной джемпер и моя сережка. Он режет тофу и кабачки, время от времени протягивая руку к моей доске, чтобы стащить кусочек моркови. Я шутливо треплю его за ухо:

— На карри ничего не останется.

Он смеется, крадет еще кусочек и сует в рот, прежде чем я успеваю его отобрать.

Мы ужинаем на диване. Ночь снаружи такая темная, что море исчезает во мраке. Я вздыхаю с облегчением.

— Может, фильм посмотрим? — предлагает Хьюго.

— Конечно. На твой выбор.

Хьюго запускает какую-то убогую романтическую комедию, и я засыпаю еще до того, как там хоть что-нибудь происходит.

Просыпаюсь я от прикосновения его губ к моей щеке.

— Пойдем, — шепчет Хьюго, подхватывая меня на руки. — Пора спать.

Когда я просыпаюсь, в небе плывут чешуйчатые, словно рыбья кожа, облака. Море спокойное, бледно-серое. Я отворачиваюсь от окна и вижу, что Хьюго положил мой подарок на прикроватный столик. Я беру книгу и открываю на случайной странице. «Могила».

По коже, словно волны, поднявшиеся из глубины, пробегает озноб. Я читаю вслух. Но с каждой новой строчкой чувствую, как слова уплотняются. Становятся тяжелее. И застревают у меня в горле, точно куски льда.

Я кладу книгу на живот, ощущая ее вес.

Хьюго придвигается ко мне и целует меня в щеку.

Я улыбаюсь и целую его в губы. Он выпрастывает руки из-под одеяла, берет в ладони мое лицо. Целует. Сначала осторожно. Затем все крепче. Шею. Грудь. Живот. Поднимает мне ноги. Осторожно переворачивает меня, так что я оказываюсь лицом к окнам, за которыми виднеется море. Я чувствую, как он входит в меня. Сначала осторожно. Затем все глубже.

И мне нравится. Очень. А потом не очень. Потому что я смотрю на море, эту раскопанную могильную яму. И представляю себе всех живых существ, которые умерли в нем. Морское дно — подводное кладбище, где плоть распадается на части. Становится илом и песком. Серым песком. Состоящим из рыбьих глаз, частичек кожи, костей и чешуи.

Внезапно я оказываюсь в воде. Под водой. Ниже уровня воды. Тянусь к кому-то. Меня разрывает на части. Я чувствую на своем бедре руку Эй-Джея. Застываю. Все мышцы сжимаются вокруг костей. Так сильно и плотно, что, кажется, скелет вот-вот раскрошится. Превратится в ил и песок. В серый песок. В небо из рыбьей чешуи.

На землю с небес дождем сыплются рыбьи потроха. Тело вспоминает. Почему ты просто не закричала?

Тело всегда помнит.

— Оли?

Я оглядываюсь через плечо. Меня трясет, я учащенно дышу. И вижу Хьюго. Лицо у него побелело.

— Оли? Что случилось? — Он в панике. — Прости! Что бы я ни сделал, прости меня.

Он выходит из меня. Но я все еще чувствую его внутри. Там. Я держусь за живот. Сворачиваюсь клубочком. Раскачиваюсь взад-вперед. Взад-вперед.

Хьюго обнимает меня всем телом.

— Прости, Оли, — бормочет он. — Мне очень жаль.

И обнимает меня. Я постепенно успокаиваюсь. Снова начинаю дышать. И говорю:

— Я не могу быть с тобой.

И тогда он отпускает меня.

Синий песок

Хьюго исчезает из моей жизни. Рана постепенно затягивается. Розовый шрам белеет. Но даже когда дни превращаются в недели, я все равно вижу его на коже всякий раз, когда раздеваюсь.

В галерее Наташа перестала спрашивать, что случилось. Больше никаких «почему». Это облегчение, потому что ответа у меня нет.

Сегодня, когда я прихожу на работу, Наташа уже там.

— Ты проверила свою электронную почту? — спрашивает она.

Я ставлю ее стаканчик с кофе к ней на стол.

— Нет. А что?

— Помнишь Элисон Уэйт, которая планирует поездку в Антарктиду?

Я мысленно переношусь на год назад. Бормочу:

— Да, а что?

— В общем, экспедиция стартует в следующем месяце, а куратору, которого взяли после твоего отказа, тоже пришлось отказаться. По состоянию здоровья или что-то в этом роде.

Я напрягаюсь.

— Они все еще хотят заполучить тебя.

Я качаю головой.

— Оли, ты должна поехать! — восклицает Наташа и добавляет: — Я уже сказала Элисон, что ты подумаешь.

Без Хьюго уик-энды тянутся долго и уныло. Стараясь проводить в квартире как можно меньше времени, я превращаюсь в туристку. Одни выходные посвящаю галерее Тейт. Следующие — книжному магазину на Черинг-Кросс-роуд. Нынешние — Национальной галерее.

Из своего дома в Бетнал-Грин я еду по Центральной линии до «Холборна», затем по линии Пиккадилли до «Лестер-сквер». Небо пепельно-серое, сеет обычный лондонский дождик, к которому я давно привыкла: мелкая морось, усеивающая волосы и при малейшем прикосновении каплющая на щеки. Несмотря на непогоду, уличный актер показывает свой номер группе детей в прозрачных дождевиках. Я роюсь в карманах в поисках мелочи, нахожу монету в один фунт и бросаю ее в шляпу. В галерее снимаю верхнюю одежду и оставляю шарф, перчатки и зимнее пальто в гардеробе.

И часами брожу по залам с кроваво-красными стенами и полированными полами. У меня начинают тяжелеть ноги. И немного ноет в боку. Я превращаюсь в лунатика, пока одна картина не пробуждает меня.

Это «Аполлон и Дафна» Пьеро дель Поллайоло. Портрет мужчины, пышущего желанием. Похотью. И женщина, которая становится деревом.

Превращается в нечто иное. Она вытягивает руки-ветви, прорастающие листьями. Одна ее нога уже покрылась бугристой корой. Вросла в землю. И женщина не может пошевелиться.

Мне знакома эта история.

Я хочу отвести взгляд. Потому что у меня все сильнее ноет бок. Пронзительно-фиолетово. Это мышечная память. Но я не могу. Не могу оторвать взгляд от картины.

Не могу оторвать взгляд от его колена у нее между ног. Которое раздвигает женщине ноги. Вскрывает ее. Он вцепился руками ей в бедра. И крепко держит. Ее глаза полуоткрыты. Ей снился сон. Романтический сон. Превратившийся в кошмар.

Мне слышно, как она кричит: «Это действительно происходит?»

Я отшатываюсь и опускаюсь на скамью посреди зала. Со стен сочится кровь. Плюшевая кожа. Мертвое животное. Я вздрагиваю.

И тут, впервые за много лет, над пустыней разверзаются тучи. И я чувствую, как у меня увлажняются глаза. Я смаргиваю.

Слезы хлещут дождем. Заполняя все проложенные им речные русла.

Серебряный песок

Я приезжаю в мамин отель в Ковент-Гардене незадолго до полудня. Передо мной белый фасад и фигурно подстриженные кустарники. На входе — широкие стеклянные двери с золоченой отделкой. Дверь мне открывает швейцар в ливрее.

— Добро пожаловать, — говорит он.

На стойке регистрации я сообщаю портье, что пришла к Лоре Уинтерс.

— Минутку, — говорит он и поднимает трубку, чтобы позвонить ей в номер. — Можете подождать вон там. — Он указывает на лаунж-зону у огромного окна, выходящего во внутренний двор, вымощенный плиткой в черно-белую клетку. Под ветвями деревьев уютно сияют электрические гирлянды. Мужчина и женщина за соседним столиком потягивают из бокалов красное вино.

— Шампанского? — предлагает официантка, несущая поднос с бокалами.

— Нет, благодарю вас.

Мгновение спустя двери лифта открываются, и из него выходит моя мама в шелковом платье цвета розового жемчуга под длинным черным пальто. Я встаю, чтобы поздороваться. И когда обнимаю ее, случайно нащупываю резко выпирающий позвоночник. Такой худой она никогда еще не была.

И тем не менее у нее безупречный макияж. Гладкие алые губы. Темные ресницы. Золотистые веки. А в ушах — серебряные кольца, такие толстые и тяжелые, что они оттягивают мочки. Мама выглядит как неживая картинка. И вдруг я понимаю: это не из-за идеального макияжа, а из-за глаз. В них нет света.

Она смотрит мимо меня, оглядывает фойе, после чего спрашивает:

— А где же он?
— Кто?
— Твой парень.
— Кто?
— Хьюго.

— Ах да, — бормочу я, вспоминая, что в последний раз мы с ней разговаривали в Рождество. — Он не придет.

— Почему?
— Мы расстались.
— Что?
— Мы расстались, мама. Мы больше не вместе.
— Но я проделала такой путь, чтобы повидаться с ним!

Я делаю паузу. Затем парирую:

— И со мной тоже.

— О, ты же понимаешь, что я другое имела в виду.

А я думаю: «Нет, именно это», но решаю не затевать ссору в фойе отеля.

— Ладно, — говорю я. — Куда пойдем обедать?

Мама сообщает, что ресторан, столик в котором она забронировала, находится в пятнадцати минутах ходьбы, и предлагает взять такси. Она велит портье вызвать машину, и вскоре мы уже едем туда. Когда мы добираемся до места назначения, я поражаюсь скромному внешнему виду заведения.

— По-моему, адрес верный, — говорит мама и, щурясь, смотрит в телефон. — Да, это определенно здесь.

Внутри мама сообщает мне, что целый час наводила справки, решая, в какой ресторан меня сводить, и я улыбаюсь: мама искренне гордится тем, что открыла это место самостоятельно.

— Тут все вегетарианское, — говорит она.

Я отрываюсь от меню:

— Я уже заметила. Это действительно круто. Спасибо тебе.

Мама улыбается.

Однако приятный момент быстро заканчивается, потому что дальше она осведомляется:

— Так что у вас вышло с Хьюго?

— Я и сама не знаю.

Мама хмурится:

— Он должен был объяснить тебе причину.

— Это я с ним порвала, мама.

— Что? — спрашивает она, не потрудившись скрыть потрясение в голосе. — Почему?

Я пожимаю плечами:

— Говорю же: не знаю.

— Но ты ведь можешь его вернуть? Уверена, еще не поздно.

— Я не хочу, ясно?

— Но он тебе так подходил, — возражает мама, и хотя она никогда не видела Хьюго, я знаю, что она имеет в виду: «Он надежный. Защитник». Впрочем, в этом есть доля правды. Он действительно мне подходил. Он был всем. Как океан: открытый, щедрый, большой.

Красивый. Даже когда тонешь в нем.

— Я просто не понимаю, — говорит мама.

А я чувствую, что утопаю в море воспоминаний. «Я просто не понимаю». Снова и снова.

«Поговори со мной, Оли. Пожалуйста», — просил Хьюго. Просила Мэгги. Просил Мэк.

А я не могу.

Потому что того цвета, который я вижу внутри себя, не существует. Как не существует подходящего языка. Нет слов, чтобы описать, как выглядит эта боль. Как она сверкает на солнце. Как внезапно заливает меня, так что я способна видеть только ее. Тут. Там. Повсюду.

Теперь перед моим мысленным взором стоит Хьюго. Топкие границы воспоминаний затвердевают, и я снова оказываюсь в своей квартире, наблюдая, как он содрогается от моих слов. Как отшатывается. Как у него разрывается сердце. Мне хочется броситься к нему. Чтобы удержать.

Но в мгновение ока прилив отступает, и воспоминание снова ускользает в глубину. Лицо Хьюго теперь расплывчатое, нечеткое. Время расправляется с его словами. И я чувствую, как соскальзываю в эту неотвратимую яму, в пещеру с синей тоской.

— Все хорошо? — спрашивает мама.

Я понимаю, что у меня навернулись слезы.

— Да, — говорю я, вытирая глаза рукавом.

— Мне очень жаль. Давай поговорим о чем-нибудь другом.

Я киваю, и мама начинает рассказывать о папе:

— Он сейчас в Америке. Ты его знаешь: вечно он на своих конференциях. Гоняется за новыми бизнес-возможностями... Я все время твержу ему, что пора на покой.

Я впервые с изумлением замечаю, как невнятно мама рассказывает о деятельности отца. Возможно, это свидетельство того, что она и сама мало что знает.

Я спрашиваю маму о ее делах, и она отвечает:

— О, ты ведь знаешь, я постоянно занята. Играла в теннис с Эбигейл. Ты же помнишь Эбигейл?

— Кажется, помню.

— А Фенелла открыла книжный клуб на пару с еще одной женщиной, Лили. Мы читаем книгу Маргарет Этвуд — ты о ней слышала?

Я смеюсь.

— Ты чего?

— Просто так. Конечно, я о ней слышала. «Рассказ служанки», да?

Мама мотает головой:

— Нет, «Она же Грейс».

— Думаю, это здорово, что ты читаешь.

Мама хихикает.

— Очень медленно. Но мне нравится. — Она отпивает вина.

— Если хочешь, могу посоветовать тебе какие-нибудь книги.

— Буду рада, — улыбается она.

Когда мы заканчиваем обедать, я предлагаю вернуться в отель пешком, но мама — она на каблуках — просит:

— Давай все-таки возьмем такси.

Однако, прождав пятнадцать минут, я говорю:

— Пойдем, тут недалеко. — И пускаюсь в путь. Мама неохотно следует за мной.

Мы идем мимо бутиков и старомодных кафе. Нам встречается парочка, выгуливающая таксу. Мы сворачиваем за угол, и пока я соображаю, где мы находимся, мне на голову падает капля дождя. А потом еще одна.

— Оли… — говорит мама, но не успевает закончить фразу, так как небо разверзается и начинается ливень.

— Быстрее! — Я хватаю ее за руку. — Моя галерея тут совсем рядом. Бежим!

К тому времени, как мы добираемся до галереи, одежда у нас промокает до нитки. Я вожусь с ключами, спеша отпереть дверь, после чего мы торопливо ныряем внутрь. Я включаю свет и смотрю на маму. Мокрые волосы липнут к лицу. Тушь стекает по щекам черными струйками. Помада размазана. Она похожа на акварель, оставленную под дождем.

Я уже собираюсь извиниться, что заставила ее идти пешком, но тут она начинает звонко, от души хохотать. Я тоже смеюсь серебристо-розовым смехом. Безоглядно и свободно. И мне это нравится. Я чувствую себя буйной и дерзкой.

Переведя дух, мама распахивает глаза. В них есть свет. Робкие огоньки. Едва заметные, но неугасимые. И это чертовски здорово.

Мы вытираемся в туалете под сушилкой для рук, хихикая, как девчонки. А потом выходим в галерею, и я показываю маме нашу нынешнюю выставку. По стенам плывут рисованные изображения облаков, меняя форму от одной картины к другой.

— Знаешь, в детстве я любила рисовать, — признается мама. — И даже долго мечтала быть художницей.

— Ты никогда мне не говорила.

— Я никому не говорила, — произносит она. А затем добавляет: — По-моему, то, что ты здесь делаешь, потрясающе.

И я чувствую, как годы отчужденности и тоски уходят в прошлое. Сейчас, в настоящий момент, мама здесь, со мной.

Дождь на улице стихает.

— Пойдем, — говорю я, — хочу тебе кое-что показать.

Я запираю галерею, и мы идем по улице к светофору.

— Куда мы? — спрашивает мама.

Загорается зеленый свет, и мы переходим дорогу.

— Вот, — говорю я. Мы у магазина товаров для художников.

Очутившись внутри, мама бормочет, что сейчас у нее уже вряд ли что-нибудь получится.

— Конечно, получится, — уверяю я и направляюсь к секции графики, где выбираю для нее набор карандашей и альбом.

— Тебе тоже надо что-нибудь купить! — говорит мама.

— Точно, — соглашаюсь я и беру карандаши и блокнот для себя.

— Будем соревноваться, — предлагает мама, и я смеюсь.

Мы оплачиваем покупки. Выйдя на улицу, я вижу, что мама сияет, прижимая к груди пакет с художественными принадлежностями.

В тот же вечер, когда мама уже на пути в аэропорт, я достаю из коричневого бумажного пакета блокнот и карандаши. Сажусь на полу посреди гостиной и размышляю, что бы такого нарисовать. Смотрю на дерево за окном, на его голые, суковатые ветки. И начинаю рисовать эти ветки, петляющие в сумерках, точно темные реки. И хотя до весны еще несколько недель, я украшаю ветви дерева розовыми бутонами. Они вот-вот расцветут.

Несколько часов спустя я просыпаюсь посреди ночи оттого, что на прикроватном столике вибрирует телефон. Смотрю на экран и вижу австралийский номер. Оказывается, я пропустила уже пять звонков. Я отвечаю.

На том конце провода слышатся истерические рыдания. Никогда в жизни не слышала подобных звуков.

— Что?! — исступленно кричу я. — Мэк! Что случилось?

Но я уже понимаю.

Красный песок

Такое ощущение, что собственное тело оберегает нас. Уносит куда-то в безопасное, защищенное место; туда, где ничто нас не потревожит. Ни ураган. Ни ветер. Ни песок, похожий на кусочки льда, взметнувшиеся вверх, несущиеся мимо. Ни огонь. Тело оберегает нас, так что мы не слышим грома. Не замечаем треска и раскатов. Тело оберегает нас, чтобы мы какое-то время могли дышать.

Но все грозы рано или поздно кончаются.

И вскоре я слышу, как из брюха самолета вылезает шасси. У меня закладывает уши. Потом самолет, подпрыгивая, приземляется. Замедляется. Тормозит так, что я вместе с креслом подаюсь вперед, и ремень безопасности врезается мне в живот.

Все грозы кончаются. И тогда выползаешь наружу и видишь, что мир теперь совсем не такой, как прежде. Разрушенные стены, оторванные конечности, сброшенные крыши домов. Река темная, грязная, желтоватая у берегов. Мутная вода усыпана листьями, мусором и сломанными ветками.

Я достаю сумку из багажного отсека и выхожу из самолета вместе с другими пассажирами; и, едва покинув аэропорт, я хоть и не вижу, что мир не такой, как прежде, но чувствую это. Дикая страна красного песка так велика, так ошеломляюще огромна, что я готова разрыдаться. Она гигантская, хотя когда-то казалась маленькой, Мэгги, — как будто мы с вами были одни в комнате.

Я забираю свой чемодан с багажной карусели, прохожу таможню и выбираюсь на улицу.

Земля гигантская, хотя когда-то казалась маленькой. Но небо — небо маленькое, хотя когда-то казалось гигантским. Оно нависает надо мной, давит, душит меня. И я как никогда остро ощущаю тотальный холод и тотальную боль.

Такси едет бесконечно долго. Пробки, дождь, и вскоре меня начинает укачивать от залипания в телефоне. Тогда я поднимаю взгляд и смотрю в окно. Из-за капель на стекле здания перетекают одно в другое.

В такси пахнет отпаренной материей и ванильным освежителем.

— Можно опустить стекло? — спрашиваю я, уже нажимая кнопку, словно опасаясь, что воздух скоро закончится.

— Но, мисс, на улице дождь.

— Пускай, — шепчу я, закрываю глаза и позволяю дождю хлестать по лицу, смывая годы, пока наконец не оказываюсь на заднем сиденье машины Мэка, пожимая руку его подруги, впервые прикасаясь к ней. А потом слышу, как она бархатисто-сиреневым голосом произносит свое имя.

Мэгги.

Прежде чем я успеваю поставить сумки на землю, руки Мэка обвивают меня фиолетовым коконом. Я вздрагиваю, он обнимает меня еще крепче, и мы на мгновение оказываемся в каком-то странном, чудесном, удивительном месте. Как будто мир на секунду задерживает дыхание.

Но потом я вижу, как из спальни Мэгги с игрушкой в зубах выходит Коко. Она бросает игрушку у двери, подходит к моим ногам, лижет мне лодыжку, и я чувствую, как скатываюсь в синюю пустоту позади нее, тону́, распадаюсь на части.

Мэк кладет руки мне на плечи. Его глаза — разбухшее от дождей озеро, темное, полноводное.

— Сказать не могу, как мы по тебе скучали, — говорит он.

Мне тоже хочется ответить, что я скучала по ним обоим, по дому, но слова застревают у меня в горле.

— Она написала тебе письмо, — вспоминает Мэк. — Погоди-ка. — Он исчезает в своей комнате и через минуту появляется со сложенным листом бумаги, который вручает мне. — Я уже знаю, что там написано, — признается он. — Мне ведь пришлось писать под ее диктовку.

Я смотрю на лист в руках, словно держу ее частичку.

— Не знаю, готова ли я, — шепчу я, покачивая головой.

— Не страшно, — говорит Мэк, забирает письмо и кладет на кофейный столик. — Прочтешь в другой раз.

Я сплю в постели Мэгги.

Это все и ничто. Как поцелуй на прощание. Потому что, как бы плотно я ни заворачивалась в одеяло, как бы крепко ни вцеплялась в край матраса, я чувствую, что меня носит по волнам ее синевы.

Меня болтает туда-сюда. Туда-сюда. Словно Мэгги — прилив. Она затопила меня и однажды ночью отхлынула навсегда. Мэгги повсюду. И нигде.

Делаю вдох. Легкие наполняются. Выдыхаю, и она пропадает.

Я поворачиваюсь в постели, беру телефон и вижу электронное письмо от Элисон Уэйт, которое переслала мне Наташа. Слово в строке «Тема» заставляет меня окончательно проснуться. «АНТАРКТИДА».

«Она согласилась? Пожалуйста, подтвердите как можно быстрее».

Я выключаю экран и прячу телефон под подушку. Но, слишком взбудораженная и взволнованная, встаю и бреду на кухню. Не находя себе места, кипячу воду, насыпаю в стеклянный чайник ромашковый чай с соцветиями, заливаю кипятком и наблюдаю, как напиток желтеет. Как размокают цветки. Как разворачиваются лепестки. А затем, взяв чайник с разбухшими цветами и кружку, прихватываю с кофейного столика письмо и выхожу на балкон, нависающий над гаванью. Передо мной расстилается синяя вода, великолепная и дерзкая, как измазанные синей краской женские тела Ива Кляйна.

Моя дорогая Оли,

возможно, приятно знать, что всё уже здесь. Что всё, что было до и что будет после, уже здесь.

Прошлое. Настоящее. Будущее. Они совершаются одномоментно.

Милая, в космосе все взаимосвязано. Следовательно, мы никогда по-настоящему не теряем друг друга.

Я знаю, тебе кажется, что теряем. Я знаю, тебе больно. Поверь мне, я знаю, что тебе больно. И знаю, что боль реальна. Мы чувствуем сердечную боль душой и телом. Уважай это. Таков человек. Боль создает нас. Создает наши истории.

Но также поверь мне, когда я говорю, что потеря — это иллюзия. Мы прощаемся не навсегда, потому что всё уже здесь, всё рождается, умирает и снова рождается. Всего лишь меняя форму, очертания, цвет.

Шепот становится ребром, речной излучиной, объятием, горой, умирает в поцелуе, возрождается искрой, облаком, проливается дождем, превращается в мать, в глубоководное течение.

Всё это окружает тебя, Ол. Всё это уже здесь.

Мы теряем людей в том виде, в каком знали и любили их.

Но вселенная не потеряла меня, просто я стала чем-то другим.

С любовью во всех ее красках,
Мэгги

Я держу Мэгги в руках. На коленях. Я обнимаю ее.

Мэк подъезжает к светофору. Машина замедляет ход, останавливается. Я чувствую невесомость Мэгги. Ее отсутствие. Такой крошечный ящичек. Я удивляюсь, как жизнь могла настолько уменьшиться, а тело — сгореть и поместиться в ящичек, крошечный ящичек с прахом. Вот все, что от нее осталось. Бархатисто-сиреневый прах и лиловый дым.

«Мы теряем людей в том виде, в каком знали и любили их».

Я крепко прижимаю к себе ящик.

— Все нормально, девочка?

Я киваю, и одна слезинка вырывается на свободу. Мэк протягивает руку и бережно вытирает мне щеку.

— Знаю, — произносит он. — Но все нормально.

Когда мы выходим из машины, я передаю Мэгги Мэку. Он в последний раз идет с ней по причалу.

Стая чаек взмывает в воздух, их тени порхают по плечам Мэка, как небесные танцоры. Я запрокидываю голову и смотрю, как чайки, кружась, поднимаются все выше, выше, пока не становятся совсем крошечными, похожими на частички пепла, уносимые ветром.

«Морская роза» пришвартована в конце причала. Мэк вручает мне ящичек и поднимается на правый борт, перелезая через леер с легкостью человека на двадцать лет моложе. Вот как выглядит возвращение домой.

Я возвращаю ему ящичек, и он несет Мэгги в кокпит, отпирает люк и исчезает в трюме. А я смотрю себе под ноги, разглядывая узкую полоску воды между причалом и корпусом «Морской розы». Представляю, как проваливаюсь туда и меня зажимает. Раздавливает. Давящая тьма. А мир вокруг меня тоже истекает кровью. Грязно-голубой кровью. Океанским илом.

Но потом я слышу под палубой, ниже уровня воды шаги Мэка. И вспоминаю, что Мэгги там, внизу, с ним. И чувствую, как воздух врывается в меня сладостным мощным потоком. Это все равно что нырнуть в волну под покровом ночи. Я поднимаю руку, хватаюсь за леер, выдыхаю и перепрыгиваю водную преграду. Это все равно что перепрыгнуть через горизонт из пустыни в небо.

На палубе у меня начинают дрожать ноги. Я прислоняюсь к мачте и закрываю глаза. Чувствую, как покачивается, словно колыбель, «Морская роза». Она успокаивает меня. Усыпляет. Она одновременно кажется привычно странной и странно привычной, эта качка. Туда-сюда. Я дышу. Вдох, выдох. Туда-сюда.

Вот так и выглядит возвращение домой.

Бриз в гавани совсем слабый, его едва хватает, чтобы добраться до мысов на выходе из бухты, но я знаю Мэка: он ни за что не позволит мотору заглушить звуки последнего плавания Мэгги. И мы дрейфуем — возможно, несколько часов; случайные порывы ветра время от времени наполняют паруса, тихонько продвигая нас вперед.

Когда мы проходим мимо мыса Норт-Хед, поднимается ветер, и «Морская роза» устремляется вперед. Я сажусь на леер и, свесив ноги за борт, прочерчиваю пальцами ступней линии на шелковистой воде. Море брызжет мне на икры. У меня вырывается смех. Трещина в высоком утесе словно улыбается мне в ответ.

Я оглядываюсь через плечо на Мэка. Он стоит у штурвала, одной рукой держась за него, а другую положив на ящичек рядом с собой.

За его спиной распростерто, словно купальщица на солнце, Тасманово море. Я чувствую, как годы начинают обратный отсчет, и вот уже я стою здесь в шелковом платье и обвиняю белобородого старика в том, что он похитил меня.

— Я так рада, что очутилась тогда на вашей яхте, — говорю я ему.

— Что-что? — переспрашивает Мэк.

Я смеюсь и трясу головой.

Парус ослабевает и начинает трепыхаться, хлопая огромными белыми крыльями. Мэк наклоняется и подтягивает грот. И мы взлетаем, как морская птица. Его улыбка растягивается на всю ширину горизонта.

Мы плывем по звуковой палитре. Ни единого слова, лишь пронизанное солнцем желтое сияние набегающих волн. Розовые кончики пальцев Мэка, барабанящие по штурвалу. Шелковистая голубизна бриза, порхающего между парусами.

Мы плывем по звуковой палитре до самого Питтуотера, где впадает в море река Хоксбери. И когда паруса опускаются, я вспоминаю историю о ручьях, глубоких озерах и встречах в устье реки. О том, что все мы в конце концов сольемся воедино.

Мэк поднимает ящик с прахом, растягивая губы в дрожащей улыбке.

— Пора.

Я следую за ним на нос яхты, где он вскрывает ящик. Вскрывает облака. Вскрывает мне грудь.

А потом я вижу Мэгги. Она — песок. Раскрошенные ракушки.

«Просто я стала чем-то другим».

— Спасибо, — говорит Мэк, — за то, что помогла мне увидеть.

Я касаюсь рук Мэка, чтобы унять их дрожь. Вместе мы высыпаем Мэгги в море. И она простонапросто становится частью океана, частью моего океана. Глубоководным течением. Обломками морских раковин, вынесенных летним приливом. Мэгги становится чем-то другим.

— Я прочитала письмо, — говорю я.
— Ну еще бы.
— Ты знал?
— Конечно, ведь ты на яхте, хотя поклялась больше не выходить в море. — Мэк хлопает по сиденью рядом с собой: — Иди сюда, девочка, — и предлагает мне порулить.

Я пересекаю кокпит и сажусь за штурвал. Мэк перегибается через меня и подтягивает грот. Поднимаю глаза и вижу, что складки на парусе разгладились. Яхта поднимается на волну. Я закрываю глаза, глубоко вдыхаю и чувствую, как меня наполняет облачко соли.

Мэк обнимает меня за плечи и крепко прижимает к себе.

— Что собираешься теперь делать, девочка?

Я смотрю за плечо Мэка на юг, в открытый океан, в запредельное.

«Возрождается искрой, облаком, проливается дождем, превращается в мать».

И я вспоминаю слова Мэгги о том, что все души мира возвращаются в Антарктику. Что мы все возвращаемся домой. И я представляю, как ее несет туда течением.

— Я уезжаю, — говорю я Мэку, себе, Мэгги. — Я должна.

Мэк смеется теплым мандариновым смехом.

— Она предупреждала, что ты так скажешь.

МОРСКОЙ ЛЕД

Облако

«…Начинает снижение. Мы рассчитываем приземлиться в Ушуае примерно через двадцать минут. Местное время — девять часов семнадцать минут».

Я прижимаюсь щекой к холодному стеклу. Открываю глаза и вижу сквозь просветы в облаках простирающуюся внизу землю. Самолет наклоняется, и мы скользим вниз, в белый туман, выныривая из него над склоном горы цвета грома, древнего лилового цвета, глубокого, как само время. Полосы грязного снега окрашивают ее гребни в серый цвет.

Самолет снова наклоняется, и мы спускаемся вдоль крутой шеи горы, огибаем ее плечо. Я прикасаюсь ладонью к окну, окаймленному крошечными кристалликами льда. Провожу кончиком пальца по лиловой громаде, распростершейся передо мной.

По мере того как мы спускаемся, гора видна все четче, уже заметны пятнышки красной земли, похожие на веснушки. Зеленые деревья, похожие на поры на коже горы. Вдох, выдох, вдох, выдох. Дыхание затуманивает окно. Я стираю белизну рукавом и вижу, как земля переходит в синеву. Тень самолета скользит по воде.

Колеса касаются взлетно-посадочной полосы. Тормоза блокируются. Самолет замедляется, и давление ослабевает. Я зеваю, и уши у меня открываются. Мне нравится, когда это происходит: даже не осознаешь, что внимание к свойствам окружающего мира невелико, пока оно снова не возрастает. Как и душевная боль, разрывающая, обнажающая, делающая меня сверхчувствительной к холоду, шепоту, свету. Я откидываюсь на спинку кресла. Лицо Мэгги вспыхивает передо мной с той же внезапностью, с какой в самолете закладывает уши, и сердце пронзительно-фиолетово бьется о ребра, а его удары вдруг становятся более звучными.

Когда самолет останавливается, пейзаж за взлетной полосой обретает четкие очертания. Первое, что я замечаю, — полевые цветы: длинные стебли с пастельно-розовыми, ярко-красными, бледно-оранжевыми бутончиками. Второе — трава, желтовато-зеленая, жесткая, грубая.

Мы выходим из самолета, и, пока я шагаю по летному полю, вдоль взлетно-посадочной полосы проносится порыв ветра, обдувая меня. Я содрогаюсь, озноб бежит по хребту к ногам.

Широкоскулая женщина с серебристыми волосами смотрит на меня и говорит:

— Чувствуете?

Я киваю, выдыхая облачко белого пара. Делаю вдох. И холод с невиданной дотоле силой обжигает мне легкие.

Женщина улыбается:

— Это Антарктика.

Ушуая, где я проведу следующие несколько дней, — это скопление ярких домиков, перемежаемых серыми бетонными зданиями. Сквозь потрескавшийся асфальт пробиваются полевые цветы. Края дорог осыпаются. Голые бетонные стены в пятнах сырости. Краска отслаивается. И все же город не кажется ни полузаброшенным, ни полуразрушенным; такое ощущение, что он просто выветрился.

После прогулки по городу у меня ноют икры: подъем из отеля на набережной оказался круче, чем я представляла. Я сажусь на бетонную лестницу, чтобы отдышаться. Мимо проходит местная женщина с ребенком на спине. Я ухитряюсь улыбнуться ей, все еще борясь с одышкой. А она даже не вспотела.

Потом молодая мать удаляется, и я остаюсь на лестнице над Ушуаей одна. Внизу проносятся легковые и грузовые автомобили, заляпанные грязью. Слышатся вопли детей, играющих в переулке, кукареканье петухов. Дальше находится пролив Бигл, сегодня напоминающий покрытую рябью стальную ленту. За ним — остров Наварино, горы, покрытые снегом, который сверкает на солнце желтыми искорками. А за этими сверкающими вершинами, я знаю, находится пролив Дрейка, простирающийся до самой Антарктиды. Через три дня я уже буду выходить из пролива Бигл в синюю запредельность. Когда-то земля, исчезающая из вида, казалась мне домом, обретающим отчетливость. Погружением в пустоту. Синим монохромом. Но теперь синий цвет подавляет меня. Здесь. Там. Повсюду. Во мне. Он наполняет легкие до тех пор, пока я не разбухаю от воды. И не разрываюсь на части. Я чувствую приступ паники. У меня начинают пылать кости. Не могу дышать.

Но затем по городу проносится порыв ветра и взбирается вверх по лестнице. Он охватывает меня. Пот на коже тотчас остывает. Я раздвигаю губы. Ветер отдает солью. Я вдыхаю запахи птичьих перьев, грязи и чего-то неопределимого, старого и совершенно мне неизвестного.

Я представляю, что этот вихрь впервые поднялся в Антарктиде, что он родился из тишины. Я представляю, как он набирал силу, менял форму, направление. Как лизал море, царапал его когтями, выкапывая из глубины волны. Как стонал в ночи, заставляя колени моряков дрожать.

И когда он проносится по моим волосам и поднимается ввысь у меня за спиной, я ощущаю, как внутри растет благоговейный трепет, глубокое и непоколебимое уважение к здешним жестким травам, к матери с ребенком за спиной, к лиловой земле, к людям и полевым цветам.

Это дикий ветер. Свирепый, ожесточенный и живой. Ушуая его терпит.

И в этой мысли я нахожу утешение. Ибо я тоже терплю.

Вторую половину дня я провожу в лесу, не похожем ни на один из виденных мною раньше. Всю землю усеивают поваленные деревья, порой так густо, что под ними не разглядеть почву. Белые, как кости, стволы валяются, точно скелеты, точно китовые ребра на пляже, с которых время объело всю плоть. Я вспоминаю дикий ветер, встреченный мной на окраине города, и представляю, как он опустошал эти леса, рвал и метал, ломал и крушил.

Я на минутку останавливаюсь, чтобы рассмотреть дерево, чей ствол толще любых виденных мною раньше. Запрокидываю голову и глазею на гиганта, который вознесся так высоко, что пробил лесной полог и устремился в небо. Затем я слышу хруст белых, как кости, веток и, обернувшись, вижу молодую пару, идущую по тропе позади меня.

— *Hola!*[21] — радостно кричит девушка из-под сени гигантского дерева.

— Извините, — говорю я, а затем пытаюсь как можно лучше произнести по-испански: — *Yo hablo inglés*[22].

— А, — смеется молодой человек и легко переходит на английский: — Нет проблем.

Девушка кивком указывает на дерево у меня за спиной:

— Впечатляет, не правда ли?

— Невероятный великан.

— Думаю, ему несколько веков, — предполагает парень.

Я снова поднимаю глаза и шепчу:

— Ого…

— Вы одна в Патагонии?

— Да.

---

[21] Привет! (*исп.*)
[22] Я говорю только по-английски (*исп.*).

Девушка протягивает мне руку:

— Я Лусиана, а это Мартин.

Я пожимаю обоим руки и представляюсь:

— Оли.

— Хотите прогуляться с нами? — спрашивает Лусиана.

— Конечно. Куда вы идете?

Мартин пожимает плечами:

— Куда глаза глядят.

Лусиана улыбается и целует его в щеку.

— Отлично.

Пока мы идем, Лусиана берет Мартина за руку, их пальцы переплетаются, словно корни деревьев глубоко под землей. Они моложе меня, но слова их тоже переплетаются, как будто они десятилетиями заканчивали друг за друга предложения. Их чувства честны, распахнуты и одновременно сложны. Между ними есть понимание. Оно ощущается в том, как они смотрят друг на друга. В том, как дышат одним воздухом. Это будто морские просторы, необъятные и неспокойные. Нырните под воду — и увидите его безумное разнообразие. Дно, усеянное ракушками и морскими ушками, рыбы, шныряющие под коралловыми сводами. Возможно, это и есть любовь. Когда знаешь, что́ у другого в глубине — там, внизу.

Мартин о чем-то спрашивает Лусиану по-испански.

— Лишайник, — отвечает она.

Мартин указывает на оборчатый мох на стволе дерева.

— Лишайник, — говорит он мне, — растет там, где воздух чистый.

Я глубоко втягиваю воздух в легкие. Чувствую, как оборчатое растение распускается внутри меня. Пахнет разбухшим от воды деревом и влажной землей. Сквозь ветви доносится птичье пение.

— Тут была буря? — интересуюсь я.

— Буря? — озадаченно повторяет Лусиана.

— Которая повалила все эти деревья, — объясняю я.

Она усмехается. Мартин качает головой:

— Эти деревья падали десятилетиями.

— Их сохраняет воздух, — добавляет Лусиана.

— Сохраняет? — повторяю я. — Что вы имеете в виду?

— Патагония узкая, у нас с обеих сторон море; температура круглый год почти одинаковая.

— Здесь как в холодильнике, — кивает Мартин.

— Верно. Это замедляет разрушение дерева.

Лусиана садится на корточки, касается упавшего ствола и отламывает кусочек коры, демонстрируя влажную зелень под ней.

— Большинство из них еще живы.

— Как это? — спрашиваю я.

— Деревья все вместе, — Лусиана хлопает рукой по земле, — там, внизу.

Мартин уточняет:

— Когда дерево падает, окружающие деревья питают его через свои корни.

И мне тотчас кажется, что земля шевелится: я представляю, как деревья, обнявшись, питают друг друга там, внизу. Это глубочайшая любовь.

Лусиана улыбается:

— Лес — он един.

За день до назначенного отплытия Лусиана и Мартин забирают нас с Джоан из отеля в Ушуае. Джоан — фотожурналистка из Нью-Йорка, с которой я познакомилась за завтраком, когда она попросила меня передать кленовый сироп: перед ней лежала горка блинов.

Она фотографировала Антарктиду десять лет назад и сейчас возвращается, чтобы задокументировать нашу экспедицию. Она говорит, что Антарктика изменит меня. Я задаюсь вопросом: может ли место изменить человека? Да и как место может изменить человека?

Теперь, сидя на заднем сиденье джипа Лусианы и Мартина, сворачивающего с шоссе на грунтовку, я спрашиваю себя: для начала, что я вообще за человек?

Что я за человек сегодня, вчера, завтра? Я ощущаю тяжесть своего тела, подпрыгивающего на сиденье. Как узнать? Как узнать, где ты заканчиваешься, если не знаешь, где начинаешься? Да и можно ли это узнать?

— Ух ты! — восклицает Джоан, направляя объектив в окно.

Джип поворачивает, и мы видим обрыв над долиной.

— Что там? — спрашивает Джоан, указывая на странную дорожку, петляющую по долине. Вдоль пересохшего склона торчат, словно зубочистки, голые стволы. Другие деревья валяются на земле, хотя они не похожи на те, что были в лесу. Посеревшие, как обесцвеченные кораллы, они усеивают берега потрескавшегося русла реки на дне цветущей долины.

— Это тоже старые деревья? — спрашиваю я.

Мартин мотает головой:

— Бобры поработали. Их завезли на рубеже веков и разводили ради меха, но когда в новых условиях мех сделался слишком жестким и колючим, выпустили на свободу.

— Правительство годами пыталось избавиться от бобров, потому что они губят реки, — говорит Лусиана, ведя машину по крутому склону.

Мы паркуемся внизу, на гравийном берегу озера, изумрудного, гладкого и плоского, как зеркальное стекло.

— Видите? — спрашивает Лусиана, указывая из окна на дальний берег озера. — Там Чили!

Чили — это цепь высоких вершин. Лиловых с ярко-фиолетовым абрисом. Складчатая земля и странные борозды. Выветренные углубления, похожие на следы гигантских локтей, оставшиеся на горных склонах.

Мы выходим из машины. Джоан снимает пучок полевых цветов, затем направляет объектив на озеро. Опускает камеру, поворачивается к Лусиане и замечает:

— Никогда не видела гор такой формы.

— Когда-то там был ледник, — отвечает Лусиана.

Оттиск былой формы.

— Последний растаял несколько лет назад, — добавляет Мартин.

— За последние тридцать лет мы потеряли десять ледников. — Лусиана запирает джип. — Осталось только три, к которым еще можно сходить в поход.

— И они тоже отступают.

Я оглядываюсь на Джоан. В глазах у нее слезы.

— Представьте, — говорит она, — что ледники — картины в Лувре, которые просто тают, сползая со стен. Люди не понимают, что они тоже часть нашей истории.

Тропа, по которой мы направляемся от озера к проливу Бигл, проложена по густому лесу. По пути Лусиана рассказывает мне о патагонских буках, о том, как кроны мелких деревьев осыпаются, усеивая лесную подстилку овальными листьями. Тут есть все оттенки оранжевого. И хотя над нами нависают плотные серые облака, я никогда не гуляла по столь яркой многоцветной земле. Желтые мхи с лиловой каймой. Зеленые, синие и белые деревья. Черные корни и красная почва. Как на картинах импрессионистов.

— Этот гриб, если сорвать его в правильное время, по вкусу напоминает персик, — говорит Лусиана. — *Ямана* называют его «сладкий-сладкий».

— Кто такие *ямана*? — спрашиваю я.

— Аборигены.

— Самый южный народ в мире, — добавляет Мартин.

— На их языке *ямана* означает человек.

— Невероятно емкий язык, — объясняет Мартин. — У них есть слово, означающее «холод во всем теле».

— А еще слово, описывающее, как двое смотрят друг на друга, и каждый ждет, чтобы другой начал первым, но ни один из них не начинает.

Я вижу глаза Хьюго, непроницаемо черные. Погруженные в меня. Я знаю этот взгляд. Синева страсти и томления. Синева невысказанных слов. Я прислоняюсь к дереву. И чувствую влагу в коре.

— Все нормально? — спрашивает Мартин.

Я киваю.

— Просто голова немного кружится.

— Мы скоро дойдем до пляжа. Там можно сесть и перекусить.

Лусиана берет меня за руку. Кожа у нее прохладная, как вода. Мы трогаемся с места, все еще держась за руки. Я на мгновение закрываю глаза, позволяя ей вести меня, и прислушиваюсь к цветам леса: желтизне ромашки, раздавленной ботинком, розовато-лиловому треску ветвей над головой.

Я открываю глаза, и Лусиана рассказывает мне о растении под названием *канело*: *ямана* жевали его ради витаминов, заваривали из листьев пряный чай. Приправляли семенами мясо морского льва.

Мы выходим на пляж с гладкими камнями. Большие валуны у кромки воды усеяны мидиями. Мы садимся среди полевых цветов и травяных кочек. Мартин раздает сэндвичи с сыром.

Земля позади нас — неровные травянистые холмы, напоминающие зеленую простыню поверх спящих. Мартин говорит, что в этих холмах спрятана тысячелетняя история.

— Рыбьи кости, мидии, одежда… — перечисляет он и рассказывает, что *ямана* складывали отходы в кучи, которые накапливались на протяжении веков.

Я прикасаюсь рукой к земле и представляю погребенные под ней истории жизни.

— *Ямана* было знакомо судоходство, не так ли? — интересуется Джоан.

— Да, — говорит Лусиана, — они ходили по проливу на каноэ и разжигали в лодках костры, чтобы греться во время охоты на морских львов, которых ловили в сети, сделанные из водорослей.

— Что с ними случилось? — спрашиваю я, хотя правда о мертвых деревьях в долине, легшая на сердце тяжким грузом, подсказывает мне печальный ответ еще до того, как Лусиана успевает его произнести.

— Кое-кто выжил, но большинство были уничтожены европейцами, — говорит она, устремив взгляд на пролив.

Я вспоминаю замечание Джоан насчет Лувра: «Это тоже часть нашей истории».

— Часто я пытаюсь представить себя здесь тысячу лет назад, — признается Мартин.

Я закрываю глаза, мысленно рисуя густые водоросли, морских насекомых, пауков и крабов.

— Мне грустно думать, — говорит Лусиана, — сколько всего мы утратили.

— Да, — киваю я. — И страшно за будущее.

Мартин доедает сэндвич, подходит к ближайшему кусту и срывает горсть ягод. Дает одну мне.

— Есть примета: если съешь ее, обязательно вернешься на остров.

Я кладу ягодку в рот. Она сладкая и одновременно кислая.

В конце тропы находится одинокое здание почты с табличкой «Последнее почтовое отделение на краю света». Я покупаю открытку и пишу:

Дорогой Мэк!
Вы не поверите, какие цвета я видела.
Завтра Антарктида!
С огромной любовью,
Оли

Снег

Сходни на «Морском духе» шаткие. Или это меня шатает. А может, и то и другое.

Женщина из экипажа, приветствующая людей на борту, замечает мою нерешительность.

— Первый раз в море?
— Э-э...
— Не волнуйтесь, — говорит она. — Скоро привыкнете к качке!
— Надеюсь, — бормочу я и поднимаюсь на борт, ощущая, как судно покачивается под ногами: взад-вперед, взад-вперед. Мягко и в то же время неприятно.

Мне показывают мою каюту. Ее стены отделаны темным деревом, покрытым лаком. Я плюхаюсь на кровать, но тут всех пассажиров по громкоговорителю созывают в кают-компанию на инструктаж по технике безопасности.

В кают-компании все рассаживаются в кресла, привинченные к полу. Этот корабль рассчитан на серьезную качку.

Женщина, которая приветствовала меня на борту, выходит вперед и представляется: Сальма, руководитель экспедиции. Она высокая, широкоплечая, с длинными черными волосами. В ней есть нечто такое, что внушает мне ощущение безопасности; дело даже не в ее росте, а в том, как она рассказывает о проливе Дрейка. Сальма остро осознает непознаваемость океана, напоминая мне этим Мэка.

Пока она просматривает прогноз погоды, на стул рядом со мной опускается женщина и шепотом просит у Сальмы прощения за опоздание.

Та улыбается и представляет опоздавшую:

— Народ, это Брук, наш штатный гляциолог.

Потом она представляет остальных членов команды.

После вводного инструктажа нам раздают спасательные жилеты.

Брук поворачивается ко мне:

— Мы раньше встречались?

— Нет, вряд ли.

— Лицо у вас ужасно знакомое. Вы знаменитость?

— Вовсе нет, — смеюсь я.

Брук тоже смеется, и вместе с улыбкой на лице у нее появляется шрам. Он тянется от края губы к уголку глаза. Я наклоняю голову и спрашиваю:

— А вы? — потому что в чертах ее лица и грудном смехе мне тоже чудится что-то знакомое.

Брук мотает головой.

— Иногда мы просто знаем кого-то, верно?

Я вспоминаю Мэгги, знакомство с которой больше походило на возвращение. На встречу двух рек, вытекших из одного и того же истока.

Я протягиваю руку:

— Меня зовут Оли.

Брук не пожимает мне руку: она наклоняется и обнимает меня. И возникает странное ощущение, что все это уже когда-то было.

Когда инструктаж заканчивается, Брук приглашает меня в бар выпить.

— Извини, — говорю я, — я устала.

Я нервно кручу кольцо на пальце. У меня трясутся руки.

Возможно, она замечает это, потому что спрашивает:

— Ты раньше бывала в море?

— Довольно давно.

— Волнуешься?

— Просто беспокоюсь, что начнется морская болезнь, — вру я и думаю, что Брук и это замечает, но больше не задает вопросов.

— Отдыхай, — говорит она.

Я улыбаюсь.

— Спасибо, увидимся.

Из иллюминатора в своей каюте я наблюдаю, как суровые горные вершины сглаживаются, превращаясь в ровные пологие холмы, а земля уступает место воде и становится просто пятнышком на горизонте. И вот уже меня повсюду окружает море. Наступающее. Обволакивающее.

Я забираюсь в кровать, ноги у меня дрожат. Уже позвали на ужин, но я не в силах шелохнуться.

Натягиваю одеяло до подбородка и закрываю глаза, но вижу перед собой только океан. И это душит меня. Потому что тяжесть воды гнетет. Я чувствую ее повсюду, словно лежу на дне океана. В океанском иле. Перемотанная морскими водорослями.

Связанная по рукам и ногам. Завернутая в синий саван. Погребенная на подводном кладбище. Мои крики заглушает толща воды, такая необъятная, что пройдут столетия, прежде чем мои слова достигнут поверхности.

Я переворачиваюсь на другой бок и включаю прикроватную лампу. Нащупав свою сумочку, достаю снотворное, которое врач выписал мне для самолета.

Иду в ванную, наливаю стакан и проглатываю таблетку, запив ее водой. Ковыляю обратно, забираюсь в постель и ложусь на спину. Глазею в потолок и жду, пока лекарство сомкнет мне веки. И все эти мысли покинут меня.

Несколько часов спустя я просыпаюсь с капельками пота на коже, похожими на жемчужное ожерелье. Я сажусь и вытираю пот между грудей ночной рубашкой. Тут ужасно жарко. Мне нужен воздух. Настоящий. Ночной.

Включаю лампу, встаю, натягиваю термоколготки, зимние штаны, термофутболку, флисовую кофту и пуховик. Надеваю перчатки, зимние носки, шапку и походные ботинки. Под конец обматываю шею шарфом.

Я вся пылаю.

Мне снился он.

Прошло четыре года, а он до сих пор посещает мои сны, сопровождаемый вонью рыбьих потрохов, сыплющихся с небес.

Он вторгся в мой сон, как вторгался в мое тело. Это невыносимо. Тогда, теперь, навечно? Сперма, стекающая у меня по бедрам.

Он вышел, но так и не ушел. Вот в чем дело. Вот что нас убивает. Боль не прекращается, длится, тянется, и в тихие, безмолвные минуты я всегда чувствую его. Когда останавливаюсь на светофоре. Или делаю паузу, перед тем как пустить воду в душе, ожидая, когда почувствую что-нибудь другое. Я ощущаю его внутри себя, он все еще там, он распространяется, растекается красным пятном, становясь все больше. И внутри меня что-то растет, расширяется, словно труба нагнетает воздух мне в легкие, наполняя их чужим дыханием, распирая ребра. Растягивая кожу. Разрывая ее. Кровь и сперма. Кто-то чужой дышит во мне, дышит за меня. Я не могу дышать. Не могу дышать!

Я забираюсь по трапу на верхнюю палубу, толкаю дверь, вываливаюсь в темноту.

Мы сами принимаем решение сделать вдох, не так ли?

Спотыкаюсь, подворачиваю лодыжку, с грохотом падаю на палубу, и удар отдается эхом в костях, заставляет почувствовать себя живой. Я вскакиваю на ноги, хватаюсь за поручень, тащусь по правому борту к носу. Вцепляюсь в ограждение обеими руками, когда судно проплывает над гребнем волны, обрушивается на нее сзади, врезается в новую волну, распространяя брызги, похожие на стаю обезумевших серебристых птиц. Небо давит, наваливается на меня. Судно поднимается на очередной волне, и небо так близко, что мне чудится, будто я могу проколоть его, прорваться сквозь кожу ночи, исчезнуть в запредельном.

Корабль дрожит. Скользит вниз. Вторгается внутрь. Он здесь. Он всегда здесь. Он преследует меня. По-прежнему. Даже в святилище сновидений. Он преследует меня.

Я вцепляюсь в перила, кровь пульсирует, пальцы немеют. Ночь — влажный бархат. Делаю вдох. Воздух рвет легкие, взрезает плоть.

Судно взмывает, скользит вниз, вторгается в воду. Я прижимаюсь к перилам, и тогда из самого нутра в темноту рвется что-то дикое, животное. Я кричу.

Кричу не так, как кричит на башне пленённая красавица. Мой крик — тектонические плиты, расходящиеся на океанском дне, вспарывающие ил, песок и каменные пласты. Лава, извергающаяся из бездны. Горячая лава, извергающаяся из меня. Я рычу.

Чувствую, как раскалываюсь на части. Плоть раскалывается на части. Ил, песок и каменные пласты. Лава пузырится. Он пузырится. Рык разрывает мне горло. Царапает, саднит и не прекращается.

И приходит осознание. Я здесь. Я была здесь. Связанная по рукам и ногам. Завернутая в синий саван. Долгие годы. На дне океана. В океанском иле. Но сейчас дно пришло в движение. Извергается лава. Она просачивается сквозь холодные багровые пещеры и растекается. Я растекаюсь. Прихожу в движение. Поднимаюсь к поверхности.

Я кричу:

— Я здесь! Здесь! — и в это мгновение чувствую, как он прорывается сквозь меня. Горячими красными брызгами в черной ночи.

— Услышь меня! — кричу я. — Услышь меня прямо сейчас!

Хлещут ярко-розовые слезы. Я здесь. Я жива. Я открыта. Я здесь. Вытираю глаза рукавом. Я здесь. Я выжила. Выжила!

Делаю вдох, и ночное небо наполняет меня ракушками и солью.

Омерзительно-желтые цветы превращаются в звезды. Я здесь. Я приняла решение сделать вдох.

Ледник

По пути на завтрак я сталкиваюсь на лестнице с Брук.

— Доброе утро, — говорю я.

— Великолепное утро, — отвечает она, и я смеюсь.

Брук недоуменно разглядывает меня:

— Ты какая-то другая.

— В каком смысле?

— Как будто избавилась от морской болезни.

Улыбка щиплет мне щеки.

— Да. Полагаю, да.

Брук хлопает меня по спине.

— Пошли, — говорит она. — Я есть хочу.

В экспедиции участвуют две художницы, работы которых я показывала на выставке *WOMXN* в Лондоне, — Холли и Вивьен. Мы находим их у стойки для завтраков, и я представляю обеих Брук. Затем мы вчетвером подсаживаемся за стол к Джоан.

За завтраком мы болтаем о том, куда Холли и Вивьен отправились после выставки. Холли была в Нью-Йорке, Вивьен — в Париже.

— Я так и не поблагодарила тебя как следует, — говорит Вивьен. — После выставки люди стали относиться к моей работе намного серьезнее.

Меня прямо-таки распирает от гордости.

— Так и должно быть, — отвечаю я.

— Я до сих пор пытаюсь заставить людей серьезно относиться к моей работе, — смеется Брук. — Особенно мужчин. И особенно мужчин, с которыми я встречаюсь.

— Ха! — говорит Джоан. — Знакомая картина.

— Они, наверное, боятся, — предполагает Холли.

— Наоборот, — говорит Брук. — Они постоянно пытаются меня принизить. Один из моих бойфрендов назвал докторскую диссертацию, которую я защитила в Оксфорде, «маленьким проектом». Другой говорил, что я занимаюсь «льдом и прочей ерундой».

Холли подхватывает:

— А мой бывший парень спрашивал, когда я собираюсь найти настоящую работу!

Мы хохочем.

— Зато, — говорит Брук, — здесь, внизу, у подножия гигантского ледника, какого они и вообразить себе не могут, я осознала себя самой что ни на есть настоящей суперзвездой.

— Правильно, правильно! — восклицает Джоан, поднимая стакан с апельсиновым соком.

— И знаете что? — продолжает Брук. — Мне охренеть как нравится моя жизнь. Я не нуждаюсь в том, кто не делает ее еще лучше. — Ее улыбка шире неба. — Меня не страшит риск быть женщиной.

И все мы чокаемся за это.

Позднее те из нас, кто не страдает морской болезнью, собираются в кают-компании перекинуться в карты. Мы играем в дурака, и я смеюсь так, что начинает болеть живот. Но это приятная боль.

Потому что она вызвана чем-то непостыдно честным. И мне все равно, что я в пух и прах проигралась, ибо я знаю, что в любом случае выиграла.

За обедом Сальма объявляет, что мы на полпути к Антарктиде, но добавляет, что волнение увеличивается и, скорее всего, задержит нас.

— Южный океан, — говорит она, — отличное место, чтобы научиться терпению.

На третий день к нашему пробуждению волны, достигшие предыдущей ночью пика, постепенно ослабевают. Качка уменьшается. Сальма собирает всех в кают-компании на ежеутреннюю летучку. Она сообщает, что мы приближаемся к полуострову и первый, кто заметит айсберг, получит приз.

— Поздравляю всех с преодолением пролива Дрейка! — говорит Сальма, и мы громко аплодируем.

За завтраком я узнаю, что один из поваров, Алекс, австралиец и у него на кухне есть баночка веджимайта. С детской улыбкой впервые за долгие годы я намазываю им тост.

Брук застает меня за приготовлением кофе.

— Теперь можно выйти наружу, — говорит она. — Волнение довольно маленькое.

— Может, позавтракаем на палубе?

— Ты читаешь мои мысли.

Положив тост на салфетку и прихватив кофе, я иду к себе в каюту и одеваюсь потеплее.

Я не выходила наружу с тех пор, как мы вошли в пролив Дрейка, и теперь, когда мы сильно продвинулись на юг, холодный воздух ошеломляет. Это мороз, который полностью поглощает. Как влюбленность. Абсолютная и непоправимая.

Брук встречает меня на палубе, и мы вместе идем на нос.

— Привет! — окликает нас кто-то.

Мы поднимаем взгляд на мостик и видим женщину в форме, которая машет нам рукой.

— Кто это? — спрашиваю я у Брук.

— Наш капитан, Джорджия. Она настоящая бомба, — говорит Брук, и я смеюсь.

Мгновение спустя над правым бортом появляется альбатрос. Я тормошу Брук за плечо:

— Смотри! Смотри!

— Красивый, правда? — произносит Брук, пока птица, широко распластав крылья, парит над носом и ее тень ровно скользит по палубе. — Еще молодой. Вырастет вдвое больше.

— Невероятно, — шепчу я, думая о Мэке. А потом — о Мэгги и Коко. О другом море и другом времени. Воспоминание мелькает перед глазами. Затопляет нахлынувшей волной. Оно настолько осязаемое, что чудится, стоит протянуть пальцы — и я дотронусь до Мэгги. Возьму ее за руки.

Я думаю о Робин. Она вернулась домой, сюда, в Антарктиду. Я так и слышу вопрос, заданный мной Мэку много лет назад на «Морской розе»: «Вы когда-нибудь задумывались, в чем был смысл?» — «Смысл в том, — ответил Мэк, — что она жила».

Брук хватает меня за руку, и я возвращаюсь в настоящее.

— Оли! — восклицает она. — Смотри! Вон там!

Посмотрев в том направлении, куда она указывает, я вижу его. Наш первый айсберг. Массивную белую глыбу на горизонте. Мы спешим в кают-компанию, чтобы сообщить об этом остальным.

Сальма стоит у лестницы.

— Айсберг! — кричу я. — Айсберг!

Брук смеется.

— Не ори так! «Титаник», что ли, не смотрела?

Наша первая высадка — на острове Хаф-Мун, небольшом утесе в форме полумесяца.

Прежде чем мы сойдем на берег, необходимо пропылесосить всю одежду, чтобы удалить любые следы флоры из Южной Америки, и выдержать экспедиционную обувь в карантинном помещении. На мне столько слоев одежды, что я скорее ковыляю вперевалку, а не иду.

— Как пингвин, — говорит Брук.

Мы спускаемся с кормовой палубы в надувные лодки, называемые «зодиаками». В моей лодке сидят Сальма, Брук, Вивьен, Холли, Джоан и Элис, скульптор и художница по текстилю из Австралии. У нее густые рыжие волосы, и мне чудится, будто я попала к викингам. Бесстрашным воительницам, бросающим вызов морю на краю земли.

Когда мы высаживаемся на пляж, Брук указывает на старую деревянную лодку, потерпевшую кораблекрушение у острова.

Я представляю себе людей, которые высадились здесь более ста лет назад. Призраков, вылезающих из лодки. Шагающих по луне, этому скалистому полумесяцу.

Брук помогает мне выбраться из «зодиака». Волны ласкают берег, как нежные поцелуи в ночи. Эта интимная ласка сгладила и окатала гальку.

— А вот и настоящий пингвин! — Брук указывает на группу черно-белых птиц на скале над пляжем. — Это антарктические пингвины. Взгляните на их головы: словно у них шлемы с ремешками на подбородках.

Следующей вылезает Вивьен, высоко поднимая фотокамеру, чтобы ее не забрызгало волной.

— О боже! — восклицает она. — Какие милашки!

Я помогаю остальным, затем мы сталкиваем «зодиак» в воду, чтобы Сальма могла вернуться на корабль за другой группой.

Небо широко распахнуто. И прозрачно, как хрусталь. Помню, за ужином Сальма сказала: «Антарктика — легкие нашей планеты». Я вдыхаю ее воздух. Вдыхаю небо. И чувствую, как через меня течет весь мир.

Мы бредем к концу острова, где из земли выдается огромная вертикальная скала. Огибая ее, я поднимаю взгляд и ощущаю благоговейный трепет. Скала почернела, точно обуглилась, и обросла усиками оранжевого лишайника, вздымающимися вверх, как язычки пламени. У ее основания разлеглись морские львы, настолько слившиеся с пейзажем, что Вивьен чуть было не наступает на одного из них. Животное поднимает голову и разглядывает ее. Вивьен делает шаг назад и говорит:

— Прости, дорогой. Не буду мешать... — и остальные участницы экспедиции разражаются смехом.

Вернувшись на галечный пляж, я замечаю у кромки воды странных желеобразных созданий с кроваво-красным пятнами.

— Кто это? — спрашиваю я у Брук.

— Вообще-то такие медузы обитают в прибрежных южноамериканских водах, но поскольку вода становится теплее, постепенно мигрируют к югу.

Холли спрашивает:

— Это плохо?

— Да, — отвечает Брук, присаживаясь на корточки, чтобы более тщательно осмотреть медуз. — Они питаются тем же планктоном, что и криль. А значит, крилю впервые приходится конкурировать за свой источник пищи.

— То есть криля будет меньше?

Брук кивает:

— Вот именно — а тут все завязано на криле.

Ночью мы совершаем переход от Южного Шетландского архипелага на Антарктический полуостров. Меня будит голос Сальмы, которая сообщает по громкоговорителю прогноз погоды и намечает мероприятия на день, начиная с катания на байдарках после завтрака. Ко мне стучат.

Открываю дверь и обнаруживаю за ней Брук.

— Будешь моей напарницей на байдарке? — улыбается она.

— Ха! Конечно! — отвечаю я, и она дает мне пять.

— А теперь быстренько одевайся: Джорджия только что сказала, что заметила с мостика косаток.

— Косатки! — восклицаю я. — Это вроде китоубийц?

— Ага, — смеется Брук. — Они самые.

Я бросаюсь в каюту и начинаю собираться. Брук входит и плюхается на мою кровать.

— Поддень под гидрокостюм термобелье и леггинсы, — советует она.

— Такие пойдут?

Она кивает, я торопливо натягиваю термобелье, надеваю через голову джемпер, затем куртку, мы вдвоем выходим и бегом, как дети, устремляемся через корабль на левую палубу.

— Вон там! — кричит Брук.

Я слежу за ее взглядом и вижу стаю косаток, высовывающих головы между льдинами. Небо розовеет. И хотя уже встает солнце, надо льдами по-прежнему видна луна. И я вспоминаю картинку из книги, увиденную мной однажды в комнате с похожими на щупальца корнями в стеклянных банках. Книга была о китах. Я описывала картинку женщине, которой мой голос представлялся в виде красных мазков. У меня появляется ощущение, что время настигает меня. А может, я сама двигаюсь в обратном направлении. Листаю назад страницы. Тонкие, как бумага, годы. И оказываюсь рядом с ней.

Брук берет меня за руку, и я понимаю, что плачу.
— Все нормально?
— Да, — говорю я, улыбаясь сквозь слезы. — Я только что видела старого друга.

После завтрака судно бросает якорь в бухте, защищенной от ветра. Мы с Брук первыми садимся в байдарку. Спустившись на воду, начинаем грести. И когда море превращается в стекло, мы обнаруживаем, что плывем по небу, а под нами колышутся голубые горы.

Я оглядываюсь через плечо и спрашиваю Брук:
— У тебя никогда не возникало ощущения, что это место тебе до странности знакомо?
— Конечно, возникало, — говорит она.
— Да… Почему так?
Брук пожимает плечами.
— Я не знала своей биологической матери. Познакомилась с ней, когда мне уже исполнилось двадцать пять. Но когда я увидела ее — а это случилось в парке, где я никогда не бывала, в штате, где я никогда не бывала, и даже имени этой женщины я не знала, — она показалась мне до странности знакомой. Как будто мое тело помнило ее тело.

Я отворачиваюсь от Брук и смотрю на раскинувшуюся перед нами Антарктиду. На это тело. Андрогинное тело, укрытое ледником. На замерзшую реку, текущую с неба в море.

— И Антарктида такая же, — продолжает Брук. — Тело помнит... Например, когда смотришь внутрь льда, то видишь, откуда ты происходишь. Это было так давно, что разум не осознает этого, но тело все понимает. Твое тело помнит, откуда оно взялось.

В воде рядом с байдаркой покачивается льдина.

— Ледниковый лед, — объясняет Брук. — Это видно по тому, что за миллионы лет из него вышел весь воздух. Здешним ледникам, — она указывает вперед, — требуются тысячи лет, чтобы сползти с гор. Чтобы преодолеть расстояние, которое человек пройдет за пять секунд, у ледника уходит пятьдесят тысяч лет.

Я чувствую, как из меня выходит воздух, ощущаю паузу между ударами сердца.

Смотрю на часы. Они перестали работать на холоде.

Брук улыбается:

— Теперь ты живешь по планетарному времени. — Она передает мне свое весло и просит: — Подержишь? — Потом наклоняется, выуживает кусочек ледникового льда и кладет его себе на колени.

— А так можно? — спрашиваю я.

— Он все равно растает. А кроме того, он идеально подходит для «Бейлис» со льдом, который мы будем пить сегодня вечером.

— Ты гений!

Брук усмехается.

Нас уже догоняют остальные. Джоан и Элис в одной байдарке, Вивьен и Холли — в другой. А позади другие женщины, смеющиеся и болтающие.

— Ладно, народ, — говорит Кэт, руководитель сплава, поднимая в воздух весло. — Сейчас мы все замолчим и послушаем ледник.

Мы поднимаем весла из воды, кладем их себе на колени и начинаем дышать потише.

Издалека доносятся треск и стоны. Лед трется, ластится, толкается взад-вперед. Словно занимается любовью. Как слившиеся в объятии тела. Так я некогда держалась за руки с Хьюго. И снова возникает ощущение, что вся история свершается одномоментно. Потому что, заглядывая через край байдарки в воду, я осознаю, что это водное пространство всеобъемлюще. Отсюда оно течет через океанические впадины и тропические рифы. Огибает мысы и утесы. Заполняет глубокие каналы и крошечные бухты. Поднимается в реки, петляющие по суше. К Хьюго. И я представляю, как он стоит прямо сейчас на берегу Темзы и смотрит через перила в ту же самую воду. Наши отражения перетекают друг в друга. Мы далеко и рядом.

— Спасибо, — шепчу я воде. — За всё.

И я знаю, что мои слова, разнесенные по этому древнему морю широкими волнами, дойдут до Хьюго. В свое время он меня услышит.

Айсберг

Мы спускаемся в «зодиак», чтобы высадиться в гавани Неко, и Сальма ведет нас к берегу. По пути, между судном и берегом, нам встречается айсберг высотой с двадцатиэтажное здание.

— Ого! — восклицает Вивьен. — Можно подойти ближе?

Сальма мотаем головой:

— Извините. Вы видите, вероятно, всего одну десятую того, что находится под поверхностью. Если подойдем еще ближе, рискуем задеть подводную часть.

Айсберг — самая впечатляющая скульптура, которую мне случалось видеть. И когда до меня доходит, что однажды он растает и станет частью моря, я понимаю, что красота неразрывно связана с утратой.

— История айсбергов запечатлена на их поверхности, — говорит Сальма. — Гребни на боку расскажут нам, когда эта сторона пребывала под водой и даже как долго.

Брук пихает меня локтем.

— И это только то, что на поверхности. Представь, какие истории скрываются в глубине!

Я беру ее за руку и представляю, что мы тоже айсберги. Все мы. Женщины. Часть нас возвышается над поверхностью. Такими вы нас видите. Но ниже уровня воды мы распространяемся вширь. Нам требуется огромное пространство.

Гавань Неко — это пологая бухта, простирающаяся от мыса, усеянного пингвинами, до горы, которая возносится на такую высоту, что закрывает солнце, и наш корабль рядом с ней кажется карликом.

Я подхожу к гребню горы над пляжем, поворачиваюсь и смотрю на древний лед. Брук подбегает ко мне.

— Разве это не заставляет чувствовать себя большой? — радостно восклицает она.

— Большой? — изумляюсь я.

— Да, большой. Я чувствую себя огромной! Раньше я приезжала сюда с мужчинами, и все они жаловались, как им здесь плохо. Думаю, Антарктида их пугает. Если не вдаваться в детали, они одержимы желанием ее завоевать, а то и засунуть в нее свой член.

Я хохочу.

— Нет, ну серьезно! — говорит Брук. — Потому что они привыкли главенствовать. А мы всю свою жизнь были маленькими. Оли, — Брук заходит мне за спину, берет мои руки и широко разводит их в стороны, точно крылья, — вот твой шанс стать больше!

Внезапно грудь у меня открывается. Я встаю на цыпочки. Растопыриваю пальцы. И становлюсь огромной.

— Берегитесь, — шепчет Брук мне на ухо, — ибо я бесстрашна, а значит, всесильна[23].

— Берегитесь, — громогласно повторяю я, — ибо я бесстрашна, а значит, всесильна!

Кэт и остальные находятся на краю ледника. Услышав, как я кричу, они поднимают головы.

— Да, черт возьми, ты права! — кричит Кэт.

И мы вместе с Брук распеваем:

— Берегитесь! Ибо я бесстрашна, а значит, всесильна!

Мы обе с истерическим хохотом падаем в снег. И тяжесть слезает с меня, как старая кожа.

В эту ночь многие из нас планируют переночевать на континенте. Не в палатках, а в спальных мешках. Мы высаживаемся на скалистом пляже, окаймленном плотным снегом, и поднимаемся на плато.

В угасающем свете выкапываем себе лопатами ложа, затем укладываем в них походные коврики и водонепроницаемые спальные мешки.

Облачный покров плотен, поэтому, когда свет гаснет, небо превращается в черный свод. Нас окружает непроницаемая чернильная тьма.

Мы забираемся в спальные мешки.

Земля медленно затихает. Пока тишина не становится такой густой, осязаемой и реальной, что можно протянуть руку и проткнуть ее.

---

[23] Аллюзия на цитату из романа Мэри Шелли «Франкенштейн, или Современный Прометей».

Мне вспоминается ночь, проведенная на палубе, в радужной оболочке моря.

Тишина, которую я представляла себе прекрасной и романтичной, почему-то пугает.

А потом, ранним утром, я просыпаюсь от раската грома, который рикошетом разносится по заливу. Это ледник. Голосовой óрган горы начинает отделяться от нее. Он трещит и сползает сам на себя, взрывается и размалывается. Я сажусь в спальном мешке.

Очутившись в воде, куски древнего льда раскалываются и растворяются. Катастрофа поражает своей грандиозностью. Своим криком. Мировые события, вмороженные в лед, погружаются в серую мглу. Становятся частью чего-то другого. Сливаются воедино в огромном бассейне. Возвращаются домой. Во тьму, из которой мы все пришли. Во тьму, куда мы все вернемся.

А сейчас мы между. Море — сине-зеленое стекло. Расколотое посередине китом-горбачом, выныривающим, чтобы сделать вдох.

Я улыбаюсь:

— Доброе утро, Мэгги. Я знала, что ты найдешь меня здесь.

За ужином Холли, сидящая рядом со мной, спрашивает, встречаюсь ли я еще с тем парнем, с которым познакомила ее на открытии выставки в Лондоне. Я чувствую, что сжимаюсь, съеживаюсь.

Мотаю головой:

— Мы расстались. Два месяца назад.

— Ой, прости, — говорит она. — Но ты не грустишь?

— Нет. Все в порядке. Надеюсь.

Она тянется через стол, находит мою руку и крепко сжимает ее.

— Он был идеален, — говорю я, — но это не помогло.

Холли еще раз сжимает мою руку и говорит:

— Зато мы все рядом с тобой.

— Спасибо. Пожалуй, мне необходимо было кое с чем разобраться. И разобраться наедине с собой.

Брук, которая сидит по другую сторону, берет меня за вторую руку.

— Оставить того, кого любишь, больно, — замечает она. — Ты очень храбрая.

Все сидящие за столом женщины берутся за руки. И я чувствую, как через нас бежит ток. Пульсирующее течение. Океан, состоящий из множества подвижных частей. Колышущийся под поверхностью единой кожи.

— Темно-красное, — бормочу я себе под нос.

Брук недоуменно смотрит на меня:

— Что ты сказала?

— Темно-красное… Оно темно-темно-красное.

Холли сжимает мою руку.

— Что, Оли? Что красное?

— Изнасилование, — говорю я. Это слово со стуком вываливается на стол. Из меня. — Меня изнасиловали в море. — Выдавая эту тайну, я ощущаю слабость. — Я никому этого раньше не говорила.

И я жду, когда слова проколют мне кожу. Но женщины ничего не говорят. Они просто принимают мою правду.

И мы сидим так, рука в руке, внимая всевозможным историям. Каждая из них отрывается от глыбы и растворяется в водоеме между нами, как лед, откалывающийся от горы. Одна женщина рассказывает о своем браке, о том, как пережила смерть ребенка. Другая описывает, как в одиночку воспитывала дочь и как им было трудно, а теперь дочь защищает диссертацию по физике. Третья делится душераздирающей историей о том, как уходила от жестокого любовника. И мы держимся за руки все крепче. Еще одна женщина признается нам, что у нее недавно наступила ремиссия.

И я осознаю, что дело не только во мне. Тела всех женщин покрыты шрамами. Но шрам — это способ, помогающий телу снова обрести целостность. Доказательство того, что ты выжила.

— Это сделал со мной мужчина, — говорит Брук, улыбаясь так, что мы видим ее шрам, тянущийся от губы к уголку глаза. — И знаете, что смешнее всего? — спрашивает она. — Часто именно женщины говорят мне: не волнуйся, ты все равно красивая, как будто это для меня самое главное. Знаете, все эти «неважно, как ты выглядишь, ты прекрасна»... — Брук смеется. — Я имею в виду: что за херня? Какая разница! Почему я вообще должна об этом думать? Я хочу, чтобы кто-нибудь сказал мне, что я бомба, или что я веселая, или дерзкая, или смешная. Почему красота — это так важно? Почему? Для кого она? Лучше назовите меня героиней. Или находчивой.

На худой конец — ураган. Да, точно, вот кем я хочу быть: ураганом.

Брук делает глубокий вдох и выдыхает в наш круг. Затем снова глубоко вдыхает, только на этот раз мы все присоединяемся к ней. Вместе вдыхаем. И выдыхаем. Единым порывом ветра. Мощно. Торжествующе.

Мы сами принимаем решение сделать вдох, не так ли?

На десерт у нас «Бейлис» с ледниковым льдом, и мы чокаемся друг с другом в баре. Поэтесса Ясмин забирается на стол, Брук рядом с ней звонит в колокольчик на стойке, призывая к тишине.

Ясмин разворачивает листок бумаги, откашливается и начинает читать:

— Посвящается Эдгару Аллану По. Он писал: «Смерть красивой женщины, несомненно, самый поэтичный сюжет на свете».

По бару проносится ропот.

— Что ж, — говорит Ясмин, — на это я отвечаю: «Базальтовые завитки. И черный жемчуг. И раковина, словно желтый шелк. "Смерть женщины прекрасной…" Ее базальтовые завитки. И черный жемчуг. Вот, несомненно, поэтичнейший сюжет». — Ясмин качает головой, колышется всем телом. — «Она ложится в землю. Гроб выстлан кружевами. И голубыми маками. И было б лучше написать "осиротевшие уста". Прекрасны нити ее воздушных змеев…» Несомненно? Я бы поспорила.

Я бы не согласилась. «Как ты ошибся, Эдгар. Как грубо ты ошибся».

Среди публики раздаются одобрительные возгласы. Ясмин повышает голос. Он звучит в полную силу. С такой мощью, что у меня мурашки бегут по коже.

— «Ибо ложиться в землю — не поэма. Ложиться в землю — лишь одна строфа».

Кто-то кричит:

— Правильно, правильно!

— «Любая женщина — созвездие. В ней столько слов, что вам и не приснится. Она — базальтовые завитки и черный жемчуг. И раковины шелковая гладь. Багровые приливы и звездчатый анис. И эта чаша бесконечно глубока. Она растет. Идет на убыль. Смыкает губы. Дуга хребта, изгиб ее бедра. Писатель. И художник. И поэт. Она одна способна описать полет. Полет своих воздушных змеев». — Ясмин делает глубокий вдох и топает ногой по столу. — Итак! — кричит она. — «Должна тебе сказать я, Эдгар По. Когда ты утверждаешь красо́ты женской смерти, то упускаешь из виду мощь вздоха женщины. Весьма прискорбно. Ты не видишь, как океан выдыхает облако. Ты не видишь розовую реку в небе».

Ясмин поднимает руки и встречает овации стоя. Я ликую вместе со всеми.

Я лежу на кровати лицом к окну, когда мы проходим по узкому морскому коридору в сердце острова

Десепшн — узкой полоски суши в форме подковы. Вулканически черной.

В карантинном помещении я застаю Брук и остальных женщин, надевающих походные ботинки. Я натягиваю свои, завязываю шнурки.

— Готова? — спрашивает Брук.

Я заправляю концы шарфа в парку.

— Готова!

Мы садимся в «зодиак» и скользим к берегу по воде, как по зеленому шелку. Вдоль пляжа тянется ледник. Черно-белая мраморная стена. Слои древнего льда, проложенные вулканическим пеплом. История, сотканная временем.

Когда мы высаживаемся, на остров опускается густой туман. Почва черна как смоль. Как глаза Хьюго. Как волосы Эй-Джея. Меня передергивает.

Удаляясь от группы, я огибаю дно ледника и выхожу на гребень; остальные теперь довольно далеко, голоса их приглушены, словно я нахожусь под водой, а потом и вовсе погружаюсь так глубоко, что вообще никого не слышу.

Я чувствую пульсацию. Похожую на волны, бьющиеся о берег. Иду на звук, брожу, блуждаю. Пока не осознаю, что звук внутри меня. Это кровь пульсирует в висках.

Неведомый голос шепчет: «Иди, ляг на мою тень». Я сажусь, потом ложусь спиной на почерневшую землю. В тень всего, что было раньше. Тяжесть тела погружается сама в себя. Я делаю глубокий вдох. И чувствую, как сверху обрушивается небо. И мне хорошо. Я здесь. Снимаю перчатки. Закапываю руки в землю. Под поверхностью тепло. Ведь пепел хранит жар еще долго после того, как погас костер. Я храню жар.

И думаю: «Ты меня поджег. А я выжила».

На гребень взбирается Брук и ложится рядом со мной. Закрывает глаза.

— Брук? — шепчу я.

Она открывает один глаз:

— Да?

— Тут так странно. Но я здесь как дома.

Она улыбается:

— Пустыни и ледники не чужды женщинам. Мы живем здесь уже тысячелетиями.

Мне вспоминается Мэгги. Дикие фиалки в тундре.

Брук делает глубокий вдох.

— Ладно, — говорит она, садясь и хватая меня за руку, — пойдем. Мы все собираемся прыгнуть с лодки.

— В воду?!

— Ага!

— В чем прыгать?

— Может, в твоем праздничном наряде? — смеется она. — В конце концов, завтра у тебя день рождения...

— Ты чокнутая!

— Доверься мне, — убеждает Брук, помогая мне подняться на ноги. — Вода изменит тебя, Оли. Превратит во что-то другое.

Темно-розовое море

Я вздрагиваю, смотрю через палубу и замечаю Брук. Она улыбается, и ее шрам превращается в солнечную морщинку. Два конца соединяются, образуя теплую складку — чудесную линию, которая тянется от розовой губы к голубым глазам. Брук подмигивает. Я улыбаюсь, и лицу становится больно.

Последний выдох. Последний вдох. Я наполняю легкие. Доверху.

И ныряю в воду.

Подо мной серая мгла, в которой покачиваются айсберги. Я открываю глаза. Тьма бесконечна, необъятна. Слышится песня китов. Она только начинается. Или уже заканчивается.

Эта мелодия — крик океана. Моя мелодия нарастает и идет на убыль. Здесь эта история заканчивается. Темная соль. Черный жемчуг. Мы сами принимаем решение сделать вдох, не так ли?

«Мы сами принимаем решение сделать вдох», — думаю я. И вдруг повсюду — темная соль, ожерелье из черных жемчужин. Здесь, на краю земли, эта история начинается. Здесь, где тишина плотна, как мускулы, как тело, древнее и сильное. А потом она ломается, скала трескается, раскалывается, растворяется в море. Край Антарктиды, ее внешняя оболочка отслаивается, и вмороженные в ее поры события оттаивают и становятся частью запредельного.

И теперь я внизу. Я с ней, с тобой. В моих легких — темно-розовое облачко задержанного дыхания, настоящее произведение искусства. Мое тело — граненый хрусталь, преломляющийся ледниковый лед. Умирающий. Воспоминания мечты выбор боль глаза улыбающиеся руки прикасающиеся смеющиеся ударяющие слезы. Все знаки препинания расставлены неверно.

Услышь мой крик.

Я — могучий прилив, полноводный и плавный, нарастающий, затопляющий. Я поток. Я всесильная. Я огромная. Я раскалывающаяся ледяная глыба. Я срываюсь. Я растворяюсь в море. И все истории во мне становятся частью запредельного.

Я только что вдохнула тебя.

Благодарности

Прежде всего хочу поблагодарить исконных владельцев земель и вод, о которых говорится в этой книге. Я выражаю признательность исконным хозяевам территорий по всей Австралии и восхищаюсь их непрерывной связью с землей, водами и культурой. Я отдаю дань уважения их старейшинам в прошлом, настоящем и будущем.

Оли я нашла в море. И по прошествии времени с помощью многих учителей обрела язык, на котором можно было рассказать ее историю.

Спасибо моему отцу, Уиллу Хардкаслу, который научил меня читать ветер в открытом океане, прежде чем я выучилась читать слова. Спасибо маме, Линди Хардкасл, которая дала мне сил стойко переносить морские штормы. Спасибо бабушке, Мэгги Хардкасл, прочитавшей все написанные мною тексты… Жаль, что ты не смогла прочитать эту книгу.

Спасибо Элисон и Дэйву Моллой из фирмы *Prosail* на острове Уитсандей, которые познакомили меня с Коралловым морем. Спасибо Питеру Лаундсу и Саре Годдард-Джонс с яхты «Винноцветное море», которые позволили мне проплыть с ними вдоль восточного побережья Австралии. Я с поразительной отчетливостью помню тот момент, когда мы впервые вместе слушали песню китов в морском саду. Оли не познакомилась бы с Мэком и Мэгги, если бы не вы.

Спасибо всем сотрудникам *Chimu Adventures*, отправившим меня на край земли. Также благодарю Сэмюэла Джонсона, чья вера в мой художественный дар помогла мне попасть туда. Спасибо всем, кто был со мной в путешествии по Патагонии и Антарктиде. Особая благодарность Гвенсиан Бейтмен и Алисии-Рей Олафссон, которые слушали вместе со мной молчание Антарктиды.

Я нашла Оли в море, но написала ее историю, когда училась в Вустерском колледже Оксфордского университета, будучи стипендиатом проректора. Этой огромной привилегии я удостоилась благодаря щедрости учредителей стипендии. Не могу выразить, как я благодарна им за эту возможность.

В Оксфорде я нашла язык, на котором смогла рассказать историю Оли, обучаясь у доктора Дэниела Маторе, доктора Генри Мида и профессора сэра Джонатана Бейта. Во время создания книги я прочитала всю рукопись вслух профессору сэру Джонатану Бейту. Я благодарна вам за то, что слушали меня с таким вниманием и искренним великодушием. Спасибо, что приняли мою правду.

Спасибо также всем великим женщинам, чьи бесстрашные выступления и страстная деятельность на протяжении истории человечества заложили основы, сделавшие возможным появление этого романа. Спасибо моим героям в области литературы Ребекке Солнит, Марианне Мур, Мине Лой и Х. Д., чьи работы оказали особое влияние на мое мировоззрение.

Спасибо профессору Эллеке Бёмер из Оксфордского университета, которая в 2019 году взяла меня своим научным ассистентом, предоставив возможность продолжить изучение литературы, связанной с Антарктикой. Именно здесь я познакомилась с одним из первых художественных изображений Антарктиды в рассказе Эдгара Аллана По «Рукопись, найденная в бутылке» (1833), а также с его эссе «Философия композиции» (1846), из которого позаимствовала цитату о самом поэтичном сюжете.

Спасибо моим агентам Бенитону Олдфилду, Шерон Галант и Томасин Чиннери, которые с самого начала поддерживали мое начинание. Благодарю за веру в Оли всех сотрудников *Allen & Unwin*, особенно — моего издателя Келли Фейген, которая быстро стала моим другом и моим героем. Спасибо, что верила в мой успех, даже когда я сама теряла веру. Спасибо моим редакторам Кристе Маннс, Али Лавау и Азизе Кайперс. Вы команда мечты, и я очень благодарна, что вы бросаете мне вызов и одновременно поддерживаете меня.

Спасибо моим дорогим друзьям Иоганну Гоу, Чарли Форду, Кирку Уотсону, Мартину Росасу Карбахалю, Эду Чаню, Коби Эдгару, Айзе Фрэнку, Александру Дарби и Ясмин Абдель-Магид за своевременные подсказки, первые критические замечания и помощь в работе.

Спасибо семье Дабала из Италии за то, что вы великодушно распахнули передо мной двери во время университетских каникул. Именно в вашем доме я чувствовала себя настолько защищенной, что смогла написать самые трудные главы. Также благодарю Жакетту Хейс, которая слушала меня, когда я впервые вслух читала часть «Морские чудовища». Спасибо моей сестре Джорджии и всем друзьям как в Австралии, так и в Англии за поддержку в этой безумной гонке. И наконец, спасибо моему первому и последнему читателю, Робби Мейсону. Эта книга посвящается тебе.

Об авторе

Писательница, художница, сценарист и исследователь Софи Хардкасл родилась в 1993-м. В 2018 году стала стипендиатом проректора по английской литературе в Вустерском колледже Оксфордского университета, где написала свой роман «Ниже уровня воды». В 2017 году была участницей антарктической экспедиции компании *Chimu Adventures*. Софи — автор признанных критиками книг «Бежать, как Китай» (2015) и «Дыши под водой» (2016), а также один из создателей онлайн-сериала «Облачная река». Уроженка Австралии, сейчас она живет в Оксфорде, Англия.

Оглавление

Темно-розовое 7

Морской сад 9
  Морская роза 10
  Морская лаванда 22
  Морской пион 29
  Морская ромашка 38
  Морская лилия 48
  Морская фиалка 56
  Морской тюльпан 66
  Морской мак 71
  Морской одуванчик 75
  Морская орхидея 80
  Морская плюмерия 91
  Морской гибискус 98
  Морской ирис 110

Морские чудовища 117
  Рыбья кость 118
  Рыбий глаз 137
  Рыбьи потроха 148
  Рыбья чешуя 154

Рыбья кровь 164
Рыбий пузырь 174
Медуза 176

Пустыня..179
Бледно-голубой песок......................180
Розовый песок 188
Белый песок.....................................200
Фиолетовый песок............................209
Золотой песок 213
Желтый песок 217
Лиловый песок 226
Серый песок 238
Синий песок.....................................244
Серебряный песок............................247
Красный песок.................................255

Морской лед....................................265
Облако 266
Снег 279
Ледник 286
Айсберг..297

Темно-розовое море 307

Благодарности..................................309
Об авторе 313

АРКАДИЯ

Литературно-художественное издание

Для лиц старше 18 лет

Софи Хардкасл
НИЖЕ УРОВНЯ ВОДЫ

Генеральный директор *Мария Смирнова*
Главный редактор *Антонина Галль*
Ведущий редактор *Светлана Лисина*
Художественный редактор *Александр Андрейчук*

Издательство «Аркадия»
Телефон редакции: (812) 401-62-29
Адрес для писем: 197022, Санкт-Петербург, а/я 21

Подписано в печать 26.09.2022.
Формат 84×108/32. Печ. л. 10,0. Печать офсетная.
Тираж 4000 экз. Дата изготовления 31.10.2022. Заказ № 2208670.

Отпечатано в полном соответствии с качеством предоставленного электронного оригинал-макета в ООО «Ярославский полиграфический комбинат» 150049, Россия, Ярославль, ул. Свободы, 97

Произведено в Российской Федерации
Срок годности не ограничен

По всем вопросам, связанным с приобретением книг издательства, обращаться в компанию «Лабиринт»:
тел.: (495) 780-00-98
www.labirint.org

Заказ книг в интернет-магазине «Лабиринт»:
www.labirint.ru

18+
Знак информационной продукции